再会した強面エリート消防士のスパダリすぎる溺愛は、諦めたはずの初恋ごと私を離してくれません

m a r m a l a d e b u n k o

田崎くるみ

JN230085

マーマレード文庫

目次

再会した強面エリート消防士のスパダリすぎる溺愛は、諦めたはずの初恋ごと私を離してくれません

再会した強面エリート消防士のスパダリすぎる溺愛は、諦めたはずの初恋ごと私を離してくれません

運命の出会いだと思ったのに、いきなり失恋!?

煙が充満していくほど、息苦しさも増してきた。私ひとりだったら、諦めて足を止めるほど皮膚がじりじりして熱くて苦しい。

「ママぁ……」

しかし歩を止めないのは、腕の中にいる幼い女の子を助けたいから。

不安がる女の子を安心させる言葉をかけたいが、喉も焼けるほど熱い。でも、あと少しで出口のはず。それなのに煙で視界はまったく見えず、どこを歩いているのかもわからなかった。

どうしよう、まずいかもしれない。

次第に進むスピードは遅くなっていき、意識が朦朧《もうろう》としてきた。せめてこの子だけでも助けたいのに……。

いよいよ足が動かなくなり、女の子を抱えたまま倒れそうになったその時。

「大丈夫ですか!?」

よろめいてしまった私の身体《からだ》を支えてくれたのは、オレンジ色の防火服を着た男性だった。

ヘルメットを被っていて表情はよく見えないけれど、目で私に安心してと訴えてくれているようでホッとしたのか、涙が溢《あふ》れた。

「よく頑張りましたね。もう大丈夫ですよ」

「あ……」

お礼を言いたいのに、声が出ない。それもわかっているのか、男性はそっと私の頭を撫《な》でた。

「できるだけ煙は吸わないようにしてください。もう少しで仲間も助けに来ますから」

助けにきてくれたのが嬉《うれ》しくて、涙が止まらなくなる。

「おふたりのことは、絶対に助けます」

力強い言葉に何度も頷《うなず》く私から女の子を預かった彼は、さらに私の身体を支えながら炎の中を進んでいく。

少しして救助に来た隊員に彼は女の子を預けた。

「失礼します」

そして私を軽々と抱きかかえて走り出す。

人生初のお姫様抱っこの余韻に浸りたいと思いつつも、苦しくてそれどころではない。私はただ男性にしがみつき、身を委ねることしかできなかった。

熱い空間から抜けて外に出た瞬間、本能で綺麗《きれい》な空気を吸おうとしたが思いっきり咳込《せきこ》んでしまった。

「慌てず、ゆっくり深呼吸をしてください」

「は……い」

男性に抱きかかえられたまま、救急車へ運ばれていく。

「煙を多く吸っていると思います」

「わかりました」

救急隊員に私の症状を伝えると、彼は再び火災現場へと戻っていった。

「あ……っ！」

彼を引き止めようと手を伸ばすも、声が出ない。まだお礼を言えていないのに、大きな背中を見送ることしかできなかった。

「大丈夫ですか？」

救急隊員に処置してもらっている間、火事が起きてからの自分の言動を思い出すと罪悪感に悩まされる。

私、相庭理穂《あいばりほ》は大学を卒業後にイベント会社【フェリーチェ】に入社した。フェリーチェとはイタリア語で幸せを意味する言葉だ。まだ立ち上がったばかりの百名ほどのベンチャー企業ながら、若手の育成に力を入れていて急成長を遂げているところ、また素敵な社名や企業理念にも魅力を感じた。

なによりイベント関係の仕事に就きたいと思っていたから、内定をもらえた時はどんなに嬉しかったか……。

希望通りのイベント企画運営部に配属されて三年目。二十五歳になって任される仕事も増えてきた。

今回は五月の大型連休最終日に幼児向けの食育に関するイベントを、食品会社からの依頼で開催することとなった。親子で食にまつわるクイズをしたり、簡単な料理をしたり、参加者とゲームを通して親交を深めたりと盛りだくさんの内容だった。

順調に予定通り進んでいき、親子で作ったカレーライスを実食しようという時に、施設内の別の場所で火災が発生したのだ。

ちょうど調理が終わり、実食前の休憩時間に知らせを聞いた。

すぐにスタッフ総出で参加者たちの避難を誘導し、最後に私がもう一度参加者が残っていないか見て回っていたところ、トイレで怖くてうずくまる三歳くらいの女の子を発見した。

しかし、女の子を抱えたところでさっきまでは煙など充満していなかったのに、一気に火の手が回ってしまった。火事を甘く見ていた。まだ火は回っていなかったし、私でも女の子を助けられると自惚《うぬぼ》れていた。

女の子を発見した時、すぐに助けを呼びに行くべきだったんだ。それが正しい判断だった。あの消防士さんが助けに来てくれなかったら、本当に私と女の子は命を落としていたかもしれない。

本来なら女の子ひとりだけを助ければよかったところ、私まで助けてもらうことになったのだから。申し訳ない気持ちでいっぱいになる。

「煙を多く吸ったとのことなので、念のために病院で検査をしてもらいましょう。他の患者さんと一緒に搬送いたしますので、少々お待ちください」

「はい、わかりました。よろしくお願いします」

自分では平気な気がするけれど、言葉を発すると喉が痛い。救急隊員の言う通り、一度診察を受けたほうがいいのかもしれない。

待っている間、ポケットに入っていたスマホを手に取って同僚に報告を入れた。

相当心配されていたようで、この後のことは任せてしっかり治療してもらってと優しい言葉をかけられた。

申し訳なく思いながらも、病院へ向かう前に荷物だけ取りに行くと救急隊員に伝えて、待機場所から急いで同僚のもとへ向かった。

鎮火はほぼ終了して、消防隊は片づけ作業に入っていた。同僚が待つテントを目指していると、私と女の子を助けてくれた消防士さんを見つけて足が止まる。

どうしよう、声をかけてもいいかな。だって今を逃がしたらきっともう会うことは叶《かな》わなくなるはず。どうしても一言お礼が言いたい。

その思いが強くなり、自然と足は彼のもとへ向かう。

任務を終えたようで、彼はヘルメットを外した。

「あのっ……!」

普通に声をかけたつもりが、思った以上に声がガラガラで自分でもびっくりする。

しかし振り返った彼は私に気づき、駆け寄ってきてくれた。

「先ほどの……。大丈夫でしたか?」

彼の顔には煙の煤《すす》がついていて、過酷な現場の中で救助してくれたことに頭が上がらない。

「はい。声はこんなですが。……あの、本当に助けていただき、ありがとうございました。それとすみませんでした。私はあの時、判断を間違えました。女の子を発見した時点で、皆さんの助けを呼びに行くべきでした。ご迷惑をおかけしてしまい、すみませんでした」

精いっぱい声を出して感謝の思いと謝罪の言葉を伝えると、彼は目を丸くさせた。だけどすぐに嬉しそうに目を細める。

「そうですね、たしかにあなたの行動は危険なものでした。しかし、それに気づいていただけて嬉しいです」

「えっ？」

意外な言葉に耳を疑う私に、彼は優しい口調で続ける。

「火災が発生した際、火の手は思った以上に早く回ります。それに気づかず、あなたのようにまだ大丈夫だと判断する方も多いんです。その過ちに気づいていただけてよかった。それにあなたの勇気があの女の子の命を救ってくれました。……本当にありがとう」

彼は深々と頭を下げるものだからギョッとなる。

「そんなっ……！　顔を上げてください！」

お礼を言うのは私のほうだ。もうだめだと思った時、助けに来てくれてどれだけ安堵《あんど》したか。

ゆっくりと顔を上げた彼は、切れ長の瞳を真《ま》っ直《す》ぐに私に向けた。

「喉がつらいのに話をさせてしまい、すみません。今後、また同じような現場に居合わせた際は、ご自身の命を優先してください。人助けは私たちの仕事ですから」

そう言ってふわりと笑った彼の顔に、胸がきゅんとなる。

え、な……なにこれ。胸を矢で射《い》貫《ぬ》かれたみたいに苦しい。

私の視線は、目の前の彼に釘《くぎ》付《づ》けになる。

身長は……小柄な私が見上げるほどだから、一八五センチ以上はありそう。黒の短髪にバランスの取れた綺麗な顔立ちをしていて、左目の涙袋にある黒子《ほくろ》が印象的。

誰が見たってかっこいい人だから、こんなにも目が離せないのだろうかと戸惑う中、彼は厳しい表情に戻る。

「それでは私は任務に戻りますので失礼します」

咄嗟《とっさ》に呼び止めようと手を伸ばしたが、彼は踵《きびす》を返して足早に去っていったものだからギュッと拳を握った。

彼はまだ仕事中だというのに、呼び止めてこれ以上なにを言うつもりだったんだろう。それがわからなくて、ますます混乱する。

呆然《ぼうぜん》と立ち尽くしていたら、なかなかテントに現れないからと、同僚が心配して捜しに来て我に返った。

「相庭さん、大丈夫？」

「あ、はい。すみません」

荷物を受け取り、私の声がガラガラで心配する同僚にお礼を言って救急隊員のもとへ戻っていく。

だけどその道中も、救急搬送されて病院で医師の診察を受けている最中も、家に戻ってからもずっと彼のことが頭から離れなかった。

次の日は、イベントに参加した社員は大事をとって休むように連絡があった。ほぼ一日中寝て過ごして身体を休め、その次の日から出勤したものの……。

「……穂。理ー穂！」

「え？　あ……なに？」

名前を呼ばれていることに気づいて顔を上げれば、デスクの前には同期の浅井凛子《あさいりんこ》が怪訝そうな顔で私を見下ろしていた。

「朝からずっと上の空だよね。まだ本調子じゃなかったんじゃないの？　もう一日休みをもらえばよかったのに」

「ううん、身体はもう平気。どこもつらいところはないし」

両手をギュッと握って元気アピールするものの、凛子は眉をひそめた。

「それなら珍しいじゃない、仕事大好きな理穂が勤務中にボーッとするなんて」

黒のロングヘアを揺らして机に手をつき、私の顔を覗《のぞ》き込んできた。

凛子は同性の私でもドキッとするほど、誰もが見惚《みと》れる美人だ。しかし、釣り目の瞳でこんな至近距離で見つめられると、ちょっぴり怖くもある。

顔立ちも災いしてきつい印象を持たれることも多いが、実は凛子は可愛《かわい》いものや動物が大好き。そのためか、童顔で昔から癖の強い天然パーマの髪の私を入社式で「可愛い」と言って抱きしめてきた。

それからというもの、同じ配属先なのもあってなにかと世話を焼いてくれており、今ではよき相談相手であり、大人になってできた親友でもある。

そんな凛子に私はいつも隠し事ができない。隠し通そうと思っても、どうしてもバレてしまうし、なによりこの目で見つめられると嘘《うそ》を突き通せなくもなるのだ。

「えっと……あ、用事は？　用事はなに？」

とはいえ、咄嗟に誤魔化してしまう。

「一昨日のイベントに参加していた子供たちが、助けてくれた消防士さんたちにお礼を伝えたくて手紙を書いてくれたようなの。それを午後に届けようと思うんだけど、私……」

「行く！　私が行く!!」

勢いよく立ち上がり、両手を挙げて凛子の話を遮ると、彼女は顔をしかめた。

「私、ちょうど午後から打ち合わせが入っているから、急な予定がないなら理穂にお願いしてもいい？って聞きたかったんだけど。なに？　どうしてそんなに消防署に行きたいの？」

「あ……」

墓穴を掘るとはまさにこのこと。でも仕方がない。だってもう二度と会えないと思っていた彼に、また会えるかもしれないのだから。

ジーッと見つめてくる凛子の視線に気まずさを感じ、大きく咳払いをした。

「とにかく子供たちの手紙は私が届けるね。それで詳しくは、今夜話すから」

すると凛子はにっこり微笑《ほほえ》んだ。

「よろしい。いつもの焼き鳥屋ね」

「はーい」

くるりと背を向けて颯爽《さっそう》と自分の席に戻っていく凛子を見つめながら、深いため息が零《こぼ》れた。

これは深く追及されそうだ。今夜のことを考えるとちょっぴり憂鬱になるものの、また彼に会えるかもしれないと思うとそわそわする。

早く仕事を終わらせないと。あ、今日の服装は変じゃないかな？　会社にとくに制服はなく、開催するイベントによってはスーツ着用だが、服装に関しては規則がない。だからみんなそれぞれオシャレを楽しんでいる。

私はラクだからという理由でワンピースを選ぶことが多く、今日も踝《くるぶし》まであるロングワンピースを着てきたけれど、彼に会えるかもしれないとわかっていたら、もっとこう、仕事がデキる女風な服を着てくればよかった。せめてメイクだけは直していこう。

一気にモチベーションは上がり、午後にやる予定だった仕事も片づけていった。

昼休み後に会社を出て、いざ消防署へ来たものの……。

「どうしよう、緊張する」

初めて訪れた消防署の前で私は立ち往生していた。これから彼に会えるかもと思うと、なかなか中に入ることができない。

目の前に立つ消防本部の庁舎は三階建てで、一階の車庫には多くの消防車や救急車が停めてある。

敷地内の奥には鉄筋の訓練棟もあり、実際に隊員が訓練をしているのが遠目でも見える。

受付で事情を説明して敷地内に入る許可をもらって外に出る。訓練棟は少し離れているが、隊員の声が聞こえてくる。もしかしたらあの時助けてくれた彼も訓練に参加しているのだろうか。

今いる場所からは様子をよく窺《うかが》うことができず、足を進めていく。すると次第に見えてきたのは、ちょうどロープを使用した降下訓練だった。

一番年上らしき貫禄《かんろく》のある男性の号令のもと、訓練棟屋上にいた活動服を着た隊員たちがいっせいにロープを下ろして降下を開始する。そのスピードは目を見張るほど速い。

「すごい……」

思わず漏れた声とともに呆然と見上げたまま立ち尽くしてしまう。

それからも次々と隊員たちが降りてくる。降下してきた隊員は素早くロープを回収し、整列していく。

「よし、全員終わったな。それでは十五分の休憩に入る」

男性の一言に隊員たちは姿勢を崩し、少し和らいだ雰囲気になった。

オレンジの制服を着ているし、つい彼を捜してしまう。

そうこうしているとひとりの隊員が私に気づいて声をかけてきた。

「こんにちは」

「あ、こ、こんにちは」

話しかけられるとは夢にも思わず、少し声を裏返らせながら頭を下げた。

「どういったご用件でしょうか？　ご案内しますか？」

「いいえ、あの……その」

軽くパニック状態に陥っている間に、他の隊員たちの視線が集まってくる。

「あれ？　キミはたしか……」

すると聞き覚えのある声が聞こえてきた。多くの隊員の中で後方にいたものの、身長が高いからすぐに見つけることができた。一昨日、助けてくれた彼だ。

彼も私のことを覚えていてくれたこともまた会えたことも嬉しくて、私は早足で彼のもとへ駆け寄る。

「一昨日はありがとうございました」

そう言いながら駆け寄った私は彼の前で足を止め、名刺を一枚差し出した。

「私、イベント会社フェリーチェで企画運営部に所属している相庭理穂といいます。実は先日、イベントに参加されたお子様たちが助けていただいた消防士の皆さんにお礼を言いたいとのことで、手紙を預かってきました」

早口で言った私の話を聞き、彼をはじめ、近くにいた消防士たちは互いを見て顔を綻ばせた。

「それは嬉しいな。わざわざありがとうございます」

「こういうことがあるから、危険と隣合わせでもこの仕事を辞められないんだよな」

「モチベーションに繋《つな》がるよ」

喜びの言葉に、私まで嬉しくなる。なにより彼も嬉しそうだからだろうか。胸がいっぱいになるよ。

会えただけで幸せな気持ちになるのは、どうしてだろうか。その答えが出ない中、預かってきた手紙を彼に渡した。

「わざわざご足労いただき、ありがとうございます。お仕事中に申し訳ありませんでした」

「そんなっ……！　こちらこそ助けていただき、本当にありがとうございました」

深々と頭を下げて改めて感謝の思いを伝えた。

「いいえ、私たちは消防士としての任務を全うしただけですので、どうか気にしないでください」

顔を上げると彼は真面目な表情で続ける。

「それに、助けたのがたまたま先に現場へ駆けつけた私であっただけに過ぎません。なので、過度なお礼は不要です」

丁寧に言われているが、これ以上の接触はしないでほしいと言われているように感じてしまう。だけどそれも当然なのかも。

勝手に会えて嬉しくなっていたけれど、彼にしてみたら、仕事だから私を助けてくれただけなんだ。

それなのに彼に会えるとわかって、少し浮かれていた自分が恥ずかしくなる。

そんな私に気づいたから、彼は遠回しに迷惑だと言ったのではないだろうか。

すると号令をかけていた男性が近づいてきた。

「わざわざありがとうございました」

「いいえ、とんでもございません。あ、えっと……用件も済みましたし、私はこれで

「失礼します」

考えれば考えるほど居たたまれなくなり、私は逃げるように消防署を後にした。

敷地内を出るまでは早足で、そして敷地を出ると同時に駆け足で最寄り駅へと急ぐ。

恥ずかしい、本当に恥ずかしい。

彼はただ厳しい訓練を重ねて、人命救助しただけ。それなのに私は……？

イベント主催側として正しい判断もできず彼らに迷惑をかけ、さらには彼に会えると浮かれていた。


「恥ずかしい病という難病で今なら死ねる自信がある」

「なにその奇妙な病名は」

この日の仕事終わり、凛子と頻繁に訪れている焼き鳥屋で私は真っ先にビールを注文した。もう飲まなければこんな恥ずかしい話をできなかった。

ほどよくアルコールが回ってきたところで、私は一昨日から今日までのことを包み隠さずに凛子に打ち明けた。

改めて自分の言動を言葉にして伝えたところ、羞恥心でいっぱいになってしまった。

やけ酒とばかりにもう一杯ビールを注文したところで、凛子は小さく息を吐いた。

「そうは言っても、理穂にとって初恋なんじゃないの？　それなのに簡単に諦めちゃっていいの？」

「いいの？って……凛子ってば、私の話をちゃんと聞いていた？」

「もちろん。彼に会えるかもしれないと思ったら浮かれて、嬉しくなっちゃったんでしょ？　それは完全に恋でしょ」

「恋？　え、私……彼のことが好きだったの？」

思わず自分自身を指差して聞き返すと、凛子も目を丸くさせた。

「それ以外考えられないでしょ。それで？　初めて好きになった人を、そう簡単に諦めてもいいの？」

「えっと……」

彼に対する思いが恋だったってことにも、凛子の態度にも驚きだ。てっきり凛子は私の話を聞いて笑うとばかり思っていた。

だって実際に笑い話でしょ？　向こうは仕事で助けただけであって、優しい言葉をかけてくれたのも業務の一環に過ぎないのだから。

凛子の意外な反応に驚きを隠せずにいると、彼女は片眉を上げた。

「なにその顔。もしかして私が理穂の初恋を笑うような女だと思っていたわけ？」

「……えっ!?　いや、まさか!!」

首をぶんぶんと横に振って否定したものの、オーバーなリアクションはかえって図星だと言っているようなもの。

「理穂ってば、私のことをそんなひどい女だと思っていたんだ。すごいショック」

俯《うつむ》いて落ち込む凛子に、サッと血の気が引く。

「違うよ、そんなこと思っていない！　言われて初めて気づく気持ちだったことに笑っちゃうほど情けないっていうか、単純だと思ったからで、それよりもその、凛子の反応が意外で……」

必死に説明している途中で、凛子の肩が小刻みに震えていることに気づいた。

「……凛子？」

低い声で彼女の名前を呼べば、こらえきれなくなったように噴き出して笑った。

「アハハッ！　ごめん。理穂の反応があまりに可愛いからつい」

「可愛いってなによ。こっちは本気で凛子のことを傷つけたと思って焦ったんだけど」

「だからごめんってば」

謝られても腑《ふ》に落ちず、ちょうど運ばれてきたビールを半分ほど一気に飲み干す。

「話を戻すけど、初めて心を奪われた人なんでしょ？　理穂、ずっと言っていたじゃない。いつか素敵な人と恋愛をするのが夢だって。それなのに簡単に諦めちゃうわけ？」

思春期に入り、周りは好きな人や彼氏ができたりする中、私は強烈に誰かに惹《ひ》かれることはなかった。

夢見がちな性格で好きでもない人とは付き合いたくなかったし、手を繋ぐのもデートするのもキスもその先も、心から好きになった人としたかった。

そんな私の夢を友達はみんな笑ったけれど、凛子だけは「可愛い夢」なんて言いながらも笑うことはなく、いつか心から好きになれる人と出会えるといいねって励ましてくれたんだよね。

だから凛子はこんなにも後悔しないのかと聞いてくるのだと思う。でも……。

「だってこんな言われて気づくような気持ちなんて、迷惑でしかないでしょ？　向こうは仕事だから私を助けたわけだし。それなのに仕事を理由に消防署まで訪ねてきたんだよ？　彼の立場に立って冷静に考えたらホラーだよね」

半日前の自分に言ってやりたい。今すぐに手紙を届ける役目を他の人に代わってもらうべきだと。

私が頭を抱える一方で、凛子は唐揚げを頬張《ほおば》りながら「そうかなぁ？」なんて言う。

「私が彼の立場だったら、理穂みたいな可愛い子がお礼を言いに訪ねてきてくれて嬉しいけどな。また会えた！って」

「それは凛子だけの考えでしょ？　とにかく！もう彼のことは忘れる！　名前も知らないし、恋だって凛子に言われなきゃわからない想《おも》いなら簡単に忘れることができるだろうし。……なにより、初恋は実らないものだっていうじゃない。この苦い初恋を教訓に次こそは素敵な恋をする！」

そう自分に言い聞かせないと、なぜか泣きそうになってしまった。

「まぁ、理穂がそう言うなら私はこれ以上なにも言わないけど……」

「私なら大丈夫！　とりあえず仕事に生きるから」

残りのビールを飲み干し、再びおかわりを注文した。

また彼を訪ねて気持ちを打ち明けたところで、迷惑になるのは目に見えている。せめて初めて心惹かれた人を困らせるようなことはしたくない。

一刻も早く名前も知らない初恋の人のことは忘れて、明日からの仕事に取りかかろうと心に決めた。

それからの一ヵ月は、彼のことを忘れるにはもってこいの忙しさだった。

火災の件の対応で余計に仕事が立て込み、私たち企画運営部は総出でそれぞれのイベントの調整に当たった。

連日残業続きでクタクタになるまで働き、帰宅後はご飯を食べてお風呂に入って寝るだけの日々。休日ともなると昼前まで寝て過ごすばかりだった。

そして、初恋が実らなかった傷も癒《い》えつつあった、土曜日の夜。

「急だけど私とお父さん、お祖父《じい》ちゃんの酒屋を継ぐことにしたの」

「……へ？」

食卓の席で母から思いもよらぬ話を聞かされて、箸が止まる。

「そういうわけで父さんは出社するのは今月いっぱいで、来月末で早期退職することになった。今月中には母さんと一緒に新潟《にいがた》に引っ越す予定だ」

「この家はあっても邪魔になるだけだし、売りに出すつもりよ」

「ちょ、ちょっと待って」

淡々と語る両親の話を止めて、一度頭の中で事の経緯を整理する。

母方の祖父は、新潟で酒店を営んでいる。老舗で、日本中に祖父の造る日本酒のファンがいるとか。

日本酒造りは重労働で、たしかに年始に会った祖父は腰痛が悪化してつらいと言っていた。だからひとり娘である母が父とともに家業を継ぐってことだよね。それでこの家を売って新潟に引っ越す？

「状況は理解できたけど、急すぎない？」

箸を置いて両親に抗議すると、母はその理由を話してくれた。

「私たちも継ぐ気はなかったんだけどね、この前、久しぶりにお祖父ちゃんがお酒を送ってきてくれたのよ。それを飲んだらすごく美味《おい》しくてね」

「母さんと、こんなに美味しい酒を後世に残さないわけにはいかないなってなったんだ。それに父さん、実は酒造りに興味があってな。年齢的にも今しかないって思って」

そう話す両親はもう覚悟を決めているようで、晴れ晴れとしている。両親が新たなチャレンジをすることに、娘として反対する理由はない。

「わかった。娘としてふたりを応援する」

父はあと三年で六十歳になる。その歳《とし》で新たにやりたいものを見つけるなんてすごいことだ。

私の話を聞き、ふたりは安堵した様子。

「ありがとう。じゃあ理穂もひとり暮らしをするか、新一《しんいち》と一緒に暮らすか考えなさい」

「さっき新一に電話をしたら、今すぐに引っ越して来いと言っていたぞ？」

なんて笑いながら言う父にギョッとなる。

「お兄ちゃんと一緒に暮らすなんてとんでもない。それなら私もひとり暮らしする」

即答すると両親は顔を見合わせて、「新一が聞いたら泣くな」「あの子、理穂のこと大好きだからね」と呑気《のんき》に言うものだから苦笑いしてしまう。

私には五歳上の兄がいる。大学を卒業後に国家公務員試験を経て警察庁に入庁。そこからエリートコースを突き進んでおり、三十歳で警視として多くの難事件に関わっているという。

文武両道で、母に似た兄は誰が見てもかっこいいと口を揃《そろ》えて言う。それでいて家族思いで私にも優しい。いや、優しすぎるというか過保護というか……。

私が二十五歳になるこの歳まで初恋もまだだったのは、恋愛に夢を抱いていたのもあるが、兄の存在も大きかった。私にはまだ恋愛は早いと言って、少しでも仲が良い男子を見つけたら牽制《けんせい》する始末。

社会人となった兄が泣く泣く実家を出ていくまでの間は、少々兄の愛を重く感じてもいた。

多忙なせいで私にかまう時間もないから、今はやっと自由な時間を過ごせているというのに、一緒に暮らしたりしたらどうなるか。想像しただけで怖くなる。

「とにかく私はひとりで暮らすから大丈夫。そうと決まれば、早く新しい家を探さないと。……あ、そういえばプリンはどうするの？」

ソファの上で眠っている愛犬のメスのトイプードル、プリンの存在を思い出した。どうする予定なのか聞くと、母は「そうなのよねぇ」と言いながら深いため息を漏らした。

「本当はプリンも連れて行きたいんだけど、ほら、お祖父ちゃん動物が苦手でしょ？だから新一に頼もうかと思っているんだけど」

「新一は家を空けることが多いだろ？それだとプリンが可哀想《かわいそう》だから、できれば理穂にお願いしたいんだが……」

ふたりに言われ、私はすぐに「もちろんだよ」と伝えた。

プリンは、兄と私が社会人となり、親の手を離れて寂しくなった両親が三年前に迎えた子だ。人懐っこくて賢い。父がとくに溺愛しているものの、家族の中で一番プリンが懐いているのが私で、よく父に嫉妬されている。

そんなプリンが私も可愛いいし、離れるのは寂しい。だから両親さえよければ私が連れて行きたい。

「じゃあペット可の賃貸を探さないと」

「理穂、プリンのことをよろしく頼むな」

「任せて。頻繁にプリンの写真を送るから」

「あぁ、頼む」

そう言う父は離れがたいのか、寝ているプリンを涙目で見つめた。

「もう、お父さんったら。会いたくなったら会いに来ればいいじゃない」

「そうだよ、私がプリンを連れて新潟に行ってもいいし」

私と母で慰めるものの、父は溢れた涙を拭うものだからつい笑ってしまった。

それから仕事は落ち着き、賃貸探しや引っ越しの準備に追われて両親が新潟に発《た》つ日を迎えた。

「それじゃ理穂、身体には気をつけて。ひとりでもちゃんと栄養のあるものを食べるのよ。それとプリンのこともよろしくね」

「うん」

そのプリンはというと、父に抱かれていた。

「プリン、パパのことを忘れないでくれよ。できるだけ会いに来るからな！」

父の姿に母と呆《あき》れてしまう。

「それにしても新一ってば、両親が引っ越すっていうのに仕事だなんて」

「仕方がないよ、それだけ大変な仕事じゃない」

「それはそうだけど……。しばらく会えなくなるし、少しくらい顔を見せてくれたらいいのに」

どうやら兄は今、大きな事件を追っているようで家にも帰れない日々らしい。だからここ一ヵ月ほど会えていなかった。

母には悪いが、私としては助かった。私がひとり暮らしすると伝えたところ、それはもう兄は心配して、新居のセキュリティはどうか、治安はいいのかなど事細かに聞かれた。

しまいには心配だから一緒に暮らそうなんて言い出したのだ。どうにか両親とともに宥《なだ》めて新居を決められたものの、そこは兄が暮らしているマンションの近くだった。

それでは頻繁に兄が訪ねてくるのでは？と不安になったが、でも両親と離れる分、なにかあった時に兄が近くにいたら頼もしいのも事実。

それに多忙の兄を見るに、そう頻繁に私のところに通う暇はなさそうだし。

引っ越し当日も兄が仕事でよかった。手伝いに来てくれた暁には、両隣はどんな人が住んでいるのか調べたり、心配だからしばらく泊まると言い出したりしそうだもの。

「それじゃ理穂、元気でな」

「なにかあったら新一を頼りなさい。それとできるだけ自炊をすること」

「わかってるよ。ふたりこそ頑張って。お祖父ちゃんによろしくね。年末には私も会いに行くから」

正直、両親と離れて暮らすのは寂しい。でも両親のことを応援したいし、私自身もひとり暮らしをして成長したい。

父からプリンを預かり、最後に言葉を交わすと両親は去っていった。

「行っちゃったね、プリン」

「クゥーン……」

プリンも両親がいなくなって寂しいようで、切ない鳴き声を上げた。

優しくプリンの頭を撫でながら私たちも引っ越し業者の車に乗り、新居へと向かった。

契約したのは職場から二駅の距離にある賃貸マンション。エントランスの自動ドアは、鍵と暗証番号がないと入れないようになっており、さらにオートロックでセキュリティは万全。エレベーターに乗り、五階の最上階へと向かう。そこが私とプリンの新居。

間取りは2LDKとなっている。最初は1LDKで充分だと思ったのだが、兄が「セキュリティがしっかりしているし、ここがいい。家賃予算オーバーなら俺が出す」なんて言うから、今回の物件に決めた。

それにプリンのためにも広い部屋のほうがいいだろうし、申し訳ないが兄に甘えることにした。

大きな荷物は業者に搬入してもらい、こまごまとした荷物を片づけていく。

「プリン、そろそろ落ち着いたかな?」

初めての場所だからケージの中で過ごしてもらっていた。あらかた片づいたため様子を見に来ると、私を見てプリンは尻尾を大きく振った。

「ふふ、大丈夫そうだね」

ケージの扉を開けるとプリンは勢いよく飛び出してきて、初めて見る部屋の中をぐるぐると回って探検している。

その様子を微笑ましく眺めながら、残りの片づけを済ませていった。

「よし。だいたい片づいたし、プリン、買い物がてらお散歩に行ってこようか」

リードを見せると散歩に行くと理解しているプリンは、一目散に駆け寄ってきた。しっかりとリードをつけて散歩グッズを手に持ち、戸締まりを済ませて家を出た。

マンション近辺にはスーパーはもちろん、昔ながらの商店街もあって買い物には困らない。それに大きな公園もあって、そこにはドッグランも併設されていたのもこの物件にした決め手だった。

時刻は十六時を回った頃ということもあって、商店街には多くの人が訪れていた。私のように散歩がてら買い物に来ている人も多い。

みんな気さくで、すれ違う人に声をかけられて犬同士でも挨拶を交わした。

「よかったねー、プリン。お友達ができて」

「わん！」

時々プリンと話をしていると、まるで人間の言葉がわかっているんじゃないかと思う時がある。それを凛子に話したところ、「親ばか」って言われてしまったけど。

今日は引っ越し初日ということもあって疲労感があり、お惣菜《そうざい》を購入。どれも美味しそうでついたくさん買ってしまった。

帰りに公園に寄り道をしてマンションに戻り、プリンとともに夕食を食べてこの日は早めに就寝した。

両親と離れた暮らしを始めて三日が過ぎると、プリンのおかげで今のところ寂しさを感じることはないものの、いかに自分が親に甘えていたかを痛感してきた。

本当に今のタイミングでひとり暮らしを経験してよかったのかもしれない。

この日も仕事が終わって急いで帰宅し、すぐにプリンの散歩に出かけた。

「よし、プリンそろそろ帰ろうか」

三十分以上散歩したところで帰りに商店街に寄り、食材を購入してマンションへと戻った。

明日も仕事だし、今夜は簡単に野菜炒《いた》めにしようかな。と考えながらエレベーターに乗る。そこでふと、引っ越してきて三日経《た》つが、マンションの住人とはふたりくらいしか顔を合わせていないことに気づく。

隣は住んでいるみたいだが、一回も鉢合わせたことがなかった。あまり物音もしないし、旅行中とかだろうか。

お隣さんにはご挨拶に伺うものなのかと思っていたけれど、今の世の中、危ないから絶対にやめろと兄に猛反対された。

だから隣にはどんな人が住んでいるのかわからない。だけどひとり暮らしだし、変に関わらないほうがいいのかもしれない。

五階に着き、エレベーターから降りて部屋へと向かう。玄関前で足を止めてバッグの中にある鍵を探していると、なんと隣の部屋のドアが開いた。

「あぁー！　わんわんだ！」

大きな声が聞こえてきて、びっくりしたプリンは私の足に擦り寄る。

私も驚きながらも声の主を見ると、三歳くらいの愛らしい男の子がプリンを指差して目を輝かせていた。

どうやらお隣さんは家族で住まれているようだ。それにしても、こんなに可愛い子がいたなんて気づかなかった。

会社で扱うイベントの中には子供向けのものも多くあり、小さな子と接する機会が多いから自然と子供が好きになっていった。

プリンを抱っこし、膝を折って目線を合わせ話しかけようとした時。

「こら、諒哉《りょうや》。勝手にひとりで出たらだめだろ」

父親らしき男性の声が聞こえてきた。部屋から出てきた男性は、諒哉君と呼ばれた男の子を抱っこして私に向かって頭を下げた。

「すみません」

「いいえ、そんな……あ」

顔を上げた男性を見て、目が丸くなる。

嘘。……助けてくれた消防士の彼？

私服だから人違いかと思ったが、間違えるはずがない。やっぱりどう見ても彼だ。

思いがけない再会に驚きを隠せず、ジッと見つめてしまう。しかし彼は私のことを覚えていないようで、怪訝そうな顔を向けた。

「あの……？　やはりこの子がなにかご迷惑をおかけしましたでしょうか？」

「いいえ、なにも……！」

先に立ち上がった彼に続き、私も腰を上げた。

「ぼくねー、わんわんすきなの。かわいーれしょ？」

すると男の子は一度プリンを見た後に、彼に訴えた。愛らしい話し方に自然と頬が緩む。

「たしかに可愛いな。だが、大きな声を出したからわんわんがびっくりしたんじゃないか？　ちゃんとわんわんに謝ったのか？」

「そーだね」

そう言うと男の子はプリンに向かって、「ごめんね、わんわん」と謝ってくれた。

微笑ましい親子のやり取りに心が温かくなる。

でもそっか、彼はすでに結婚して家庭を持ち、お子さんまでいたんだ。当然だよね、だって素敵な人だもの。

本当に、ますます暴走して告白などしなくてよかった。

「ありがとう、プリンも大丈夫だったよね」

頭を撫でながら声をかけると、プリンは肯定するように「わん！」と吠《ほ》えた。それを聞き、男の子は笑顔を見せる。

「プリン？　かわいーなまえ。それにおりこうさん！」

「そうだな」

褒める男の子の頭を撫で、彼は改めて「ご迷惑をおかけしました」と謝ってきた。

「本当に大丈夫ですので、気にしないでください。あ、三日前にこちらに引っ越してきました。今後よろしくお願いします」

まだ挨拶をしていないことに気づいて名乗ろうとしたものの、黒歴史を彼に思い出してほしくなくて名前は告げなかった。

「こちらこそよろしくお願いします。それでは出かけるのでこれで」

「はい」

そう言うと彼は男の子を抱っこしたまま鍵を閉めた。

「ばいばーい！」

男の子に手を振り返し、ふたりの背中を見送る。

「プリン、私たちもおうちに入ろうか」

ふたりがエレベーターに乗ったところで私も部屋に入ると同時に、深いため息が零れた。

こんな偶然の再会など、あり得るのだろうか。まさか初めて好きになった人の隣に引っ越してきたなんて。

それに彼は結婚していて、諒哉君という可愛い子供までいたんだ。既婚者だったと知って納得はできたが、やはりショックでもある。

でもお隣さんといっても会うことはほとんどないだろうし、できるだけ関わらないようにしよう。そうすれば、自然と彼に対する気持ちは消えるだろうから。

高鳴る鼓動

「えぇっ!? 消防士の彼が隣に住んでた？ しかも既婚者で子持ち!?」

よほど驚いたのか、凛子は私が話した内容をオウム返しした。

次の日の昼休み、凛子とともに会社近くのカフェに昼食を食べに来ていた。そこで昨夜のことを話すと、相当びっくりしたようだ。

「そうなの、まさかだよね」

ふたりとも注文したオススメランチセットが運ばれてきて、サラダやドリアを食べながら凛子は心配そうに続ける。

「初恋の人に妻子がいて、しかも隣に住んでいるんでしょ？ 今からでも新一さんのところに移ったら？」

「うーん……」

凛子に言われて少し心が揺れる。でも……。

「それも一瞬頭をよぎったんだけど、部屋も気に入っているし、近くに商店街や公園もあって便利なんだよね。引っ越しはプリンもストレスになるかもしれないじゃない？　それにお兄ちゃんのところに行ったほうが別の意味でつらいかもしれないし」

乾いた笑い声を漏らすと、兄のことを知る凛子も察したようで苦笑いした。

「たしかに。……まぁ、そうだね、お隣って言ってもそう頻繁に会うこともないだろうし、案外彼が家族と幸せな姿を見たほうが気持ちに区切りもつくんじゃない？」

「ちょっと？」

あっけらかんと言う凛子に怒りそうになるものの、彼女の言うことも一理あるのかもしれない。昨夜だって彼の子供に接する優しい言動を見て、早くに諦めてよかったって思えたし。

これで奥さんも入れて三人の仲睦《むつ》まじい様子を見たら、さすがに彼に対する気持ちは完全に消えるだろう。

「早く新たなイベントの依頼が入らないかな」

今は比較的落ち着いている状態。そのおかげでプリンに寂しい思いをさせることなく定時で上がれているのだが。

「あ、仕事といえば聞いた？　昨日、急遽《きゅうきょ》社長がイギリスに出張に行ったみたい」

「じゃあ噂《うわさ》は本当なのかな？」

「あり得るね」

噂とは、社長が海外進出を考えているというもの。日本の古き良き伝統も世界各国のイベントの場で広めていきたいという思いがあるようで、いつか実現させたいと社長がよく口にしていると聞いていた。まさにその夢を叶えようとしているんだ。

私と二歳しか歳が離れていない社長、永瀬剛志《ながせつよし》は大学在学中に【フェリーチェ】を立ち上げ、つい半年前には株式市場に上場した。急成長の会社として注目を集めているところで働けていることが幸せだ。

なにより社長は大学生で結婚し、愛妻家でもある。奥様も化粧品会社を経営しているとか。愛らしいお子さんもいて絵に描いたような順風満帆な生活だと思う。

おまけに一八〇センチと長身でアイドルのような出《い》で立《た》ちをしている。天は二物《にぶつ》を与えずとは言うが、それは社長には当てはまらないだろう。

「まぁ、私たちの仕事は変わらないし、引き続き精進《しょうじん》あるのみだね」

恐らく海外進出の際は新たに雇用するか、志願者を募るのだろう。私は夢だった仕事に就けている今が楽しくて幸せだから、このままフェリーチェで頑張りたい。

「そうだね」

それからも他愛《たわい》ない話をしてランチタイムを楽しんだ。

この日も定時で上がることができ、帰宅してすぐにプリンを連れて散歩に出る。

「ちょっと待って、プリン。仕事終わりは体力がないから休憩させて」

散歩が大好きなプリンは進むのが速いから息が上がる。今日はとくに元気いっぱいで、いつもより速い。

公園のベンチに座って休憩しようとしたが、プリンは早く行きたいようでリードを引っ張る。

「プリンー、少しだけでいいから休ませて」

抱っこしようとしても逃げられる。これは散歩を再開しなければいけないのかと気が重くなっていると、「こんばんは」と声をかけられた。

咄嗟に挨拶を返して声のしたほうに目を向けると、プリンと同じトイプードルを連れた私と同年代くらいの男性が立っていた。

男性を見てもすぐには思い出せなかったものの、愛犬には見覚えがある。

「あ、たしかマロン君の……？」

「はい、この間商店街で挨拶しました」

そうだ、引っ越し初日に商店街で声をかけられたうちのひとりだ。プリンとマロン君もお互い興味津々で仲良くなれそうだったから印象に残っている。

「マロン、またプリンちゃんに会えてよかったな」

プリンとマロン君はお尻の匂いを嗅ぎ合っていた。そして身体を擦りつける動作をしたものだから、あまりの可愛さにすぐにスマホで写真を撮った。

「可愛いですね」

男性に笑いながら言われて我に返り、親ばかぶりを発揮してしまい恥ずかしくなる。

「……はい」

今度は鼻チューをしたものだから、それでもまたすぐに写真に収めた。

「この辺はよく来られるんですか？」

なんとなく気まずさを感じて話しかけると、男性は「はい」と返事した。

「マロンと商店街から公園まで毎日散歩に来ています」

「そうなんですね。じゃあまたお会いしたらぜひお話しさせてください」

きっとプリンもマロン君に会えたら喜ぶだろうし、一緒に遊ばせてあげたい。

「はい、その時はぜひ」

それから少しばかりプリンとマロン君の話をして別れた。

「プリン、マロン君と仲良くなれてよかったね」

「わん！」

尻尾を高く上げて嬉しそうに吠えているように見えて、自然と笑みが零れる。

「よし、今日はまだ時間が早いし久しぶりになにか作ろうかな」

　そうだ、プリンのご飯も手作りしてみよう。たしか父がプリンはササミ肉が大好きだって言っていた。

　茹《ゆ》でてあげて、三分の一くらいの量をドッグフードと一緒にあげるんだったよね。念のために父にメッセージで確認をして、ついでにさっきのマロン君との写真を送った。

　すぐに既読がついて喜びのスタンプとともに、プリンにササミ肉をあげる時の注意事項が細かく送られてきた。

　スーパーに寄って買い物を済ませ、帰途に就く。夕食は作るといっても明日も仕事だし、パスタにすることにした。

　エレベーターから降りて家の鍵を手に取った時、「おかえりー！」と可愛い声が聞こえてきた。

　びっくりして立ち止まった私とプリンのもとに駆け寄ってきたのは、昨日の男の子だった。

　しかし、勢いよく来たからプリンも驚いたようで私の後ろに隠れてしまった。それを見て男の子はあからさまに落ち込む。するとすぐに彼も後を追いかけてきた。

「こら、諒哉。昨日も大きな声を出したらプリンちゃんがびっくりするって言っただろ？」

落ち込む男の子を抱き上げて、男性は私に向かい頭を下げる。

「昨夜に引き続き、この子が申し訳ありませんでした」

「いいえ、大丈夫ですから」

プリンをびっくりさせたと自覚があるようで、「プリン、ごめんね？」と謝ってきた男の子を安心させるようにプリンを抱っこした。

「ほら、プリンも怖がっていないでしょ？　だから大丈夫だよ」

撫でてあげると落ち着いたのか、プリンも嬉しそう。

「よかったー」

ホッとしたようで喜ぶ男の子に、こっちも胸を撫で下ろす。

しかしなぜふたりは外にいたのだろうか。まるで私とプリンを待っていたように見えたけれど……。

チラッと彼の様子を窺うと、目が合ってドキッとなる。すると彼は申し訳なさそうに口を開いた。

「すみません、この子がどうしても会いたいと聞かないもので」

「あ、それで待っててくれたんですね」

納得できてすぐに男の子に「待たせちゃってごめんね」と謝った。

「諒哉君っていうの？」

「うん！」

私の質問に手を挙げて答えてくれた。

「じゃあ諒哉君って呼んでもいい？」と聞くと、すぐに「いいよ」と言ってくれたので、話を続ける。

「諒哉君、プリンに会いたかったの？」

「うん！　プリンかわいい！」

満面の笑みでプリンを指差す諒哉君に、心臓を撃ち抜かれそう。

「そっか、ありがとう」

プリンを可愛いって言ってもらえて私まで嬉しくなる。プリンも諒哉君に慣れてきたのか、近くにいても怖がる素振りを見せていない。

「プリンー！」

プリンに手を振る姿が天使みたいだ。

「ほら、諒哉。プリンちゃんもそろそろ家に帰りたいだろうし、バイバイするぞ」

「やだ！　もっとプリンといっしょにいたい！」

すぐさま反発した諒哉君に、彼は「ワガママを言うんじゃない」と叱る。しかし諒哉君は「やだ！」と首を横に振って抵抗した。

この状況でさすがにプリンと家に入ることなどできそうにない。それに諒哉君の声が大きくて、他の住人にも何事かと心配されそうだ。

「あの、もしよろしかったら今度プリンと遊びませんか？」

迷惑かと思いながらも提案してみると、すぐに諒哉君が反応した。

「あそぶー！」

「いえ、そんな……ご迷惑をかけられません」

諒哉君とは対照的に断る彼の反応は当然だと思う。でもこんなにもプリンと遊びたがっているんだもの。

「私なら平気です。仕事柄、小さな子供と接する機会も多いですし、慣れていますから」

子供向けのイベントも数多く開催しているから、諒哉君くらいの年頃の子との接し方も心得ている。

「しかし……」

そうは言っても眉根を寄せて渋る彼に、ハッとなる。

「あ、まだ名乗ってもいないのにいきなり誘われて怖いですよね、すみません」

「いいえ、決してそのように思ってなどいません。諒哉は言い出したら自分の意志を曲げない子だから、ありがたいお話すぎて逆に申し訳なくて」

よかった、不審に思われているわけではなくて。でも名前も知らない相手と子供を遊ばせるのは警戒するはず。

もう一ヵ月以上も前のことだし、私のことなど忘れているだろう。そう思い、「申し遅れましたが、私は相庭理穂といいます」と自己紹介した。

「こちらこそ名乗らずすみません。永瀬陽平《ながせようへい》といいます」

永瀬陽平さんっていうんだ。彼の名前を知ることができて、なぜか幸せな気持ちになる。それにしても陽平だなんて、名前までかっこいい。

「こちらがご存じの通り諒哉です」

「りょーやです！」

両手を挙げて自己紹介した諒哉君に「よろしくね」と改めて挨拶をした。

私の名前を聞いても思い出した様子はなさそうだし、完全に忘れられているようだ。忘れてほしいからよかったけれど、記憶にないのも寂しく思う自分もいて複雑な気分になる。

「それじゃ諒哉君、明日私が帰ってきたら一緒にプリンのお散歩に行かない？」

「いくー！　ぼく、プリンとりほちゃんとおさんぽする！　いいでしょ？　よーへーくん」

すがる目を向けられた永瀬さんは、諦めにも似たため息を漏らした。

「すみません、俺もご一緒してもよろしいでしょうか？」

「え？」

諒哉君を預けてくれるとばかり思っていたから、まさか一緒に行くと言うとは思わずびっくりしてしまった。

「やはりご迷惑でしょうか？」

「あ、いいえ、そんな！　こちらこそぜひご一緒させてください！」

あまりに彼が不安げに聞いてくるものだから、食い気味で言ってから後悔する。これ、完全に変な人だと思われたんじゃない？って。現に永瀬さんは驚いたようで目を瞬かせているのだから。

「よかったねー、よーへーくんもプリンとおさんぽできるよー」

「あ、あぁ。そうだな」

戸惑いながらも諒哉君の髪を撫でた彼は、クスリと笑みをこぼした。

「それでは明日、よろしくお願いします。俺は仕事が休みなのでお待ちしていますね」

「は、はい。できるだけ早く帰ってきますね」

「バイバイ」と言う諒哉君に手を振り返すと、永瀬さんは小さく頭を下げて部屋に入っていった。

少しして私もプリンとともに部屋に入ったが、玄関からなかなか動けそうにない。良かれと思っての行動だったけれど、あまりに急展開すぎるのでは？　いや、それよりもいいの？　奥さんがいる彼と一緒にプリンの散歩をしても。でも諒哉君とプリンもいるし、ふたりっきりではないからいい？　ううん、私が奥さんの立場だったら嫌だよ。

いくら子供が懐いたからといっても、自分以外の女性と会うなんて。

「明日、私ひとりでも諒哉君を責任持って預かれるって言ってみようかな」

足を拭いてから廊下に下ろすと、プリンは真っ先にリビングの水飲み場へと向かう。その後を追いながら、諒哉君の彼に対する呼び方が気になった。

そういえば諒哉君、永瀬さんのことを「パパ」じゃなくて名前で呼んでいたよね。

それぞれの家庭での教育方針は違うだろうけど、名前で呼ぶ親子も珍しい気がする。諒哉君はママのことも名前で呼んでいるのかな。奥さんはどんな人だろう。明日、諒哉君を迎えに行った時に会う機会があるのかもしれない。

そう思うと少しばかり胸が痛んだ。

次の日、自宅に戻ったのは十八時前。すぐにラフな服に着替えた。

昨夜のうちに凛子に相談したところ、【理穂ってバカなの？】というメッセージが届いた。

続けて、初恋の人を忘れようとしているのに、なんで自分からわざわざ関わっていくのよと、ごもっともなことも送られてきて苦笑いした。

だけど、どうしても諒哉君のことが放っておけなかったのだ。そう返信したら、妻子持ちに深入りしないようにと散々釘を刺されたけれど。

ふたりを待たせるわけにはいかないと思い、着替えが終わったらプリンの散歩バッグを手に持ち、家を出た。

そしてお隣のドアの前で立ち尽くすこと数十秒。そろそろインターホンを押さないと、誰かに見られたら完全に不審者だ。

しかし、もしかしたら永瀬さんの奥さんもいるかもしれないと思うと緊張が増す。

「押すよ、プリン」

意を決してインターホンを押すと、すぐにドアの反対側からこちらに駆け寄ってくる足音が聞こえてきた。

「よーへーくん！　はやくあけて！」

次に諒哉君の永瀬さんを急《せ》かす声が聞こえてきて頬が緩む。すると少ししてドアが開いた。その先にいたのはパンツ一枚の諒哉君で目を見開く。

「え？　諒哉君？」

しかし諒哉君は気にする素振りもなく「まってたよー」と笑顔で言う。

「すみません、ちょうど着替えをしていたところで。ほら、諒哉。着替えないとお散歩行けないぞ」

「そーだね。りほちゃん、プリンー。おうちにはいって」

私の手を引いて家に招こうとする諒哉君に戸惑う。

「でも……」

上がったりして大丈夫なのだろうかと心配になって彼を見る。

「そうだな、外でお待たせするのも悪いし、よかったら上がってください」

「……えっ！」

永瀬さんからも上がってと言われるとは思わず、大きな声が出た。

いいの？　勝手に上がっても。

グルグルと頭の中で様々な思いが巡る間に諒哉君に手を引かれ、プリンとともに家に招き入れられた。

同じ間取りながら、家具の配置などでまた違った雰囲気だ。黒を基調とした家具で揃えられていて落ち着いている。

綺麗に片づいているし、諒哉君の物といえば、リビングのテーブルにあるおもちゃと絵本くらい。

「すぐ諒哉の準備をしますので、かけてお待ちください」

「ありがとうございます」

「ちょっとまっててね」と言う諒哉君を連れて永瀬さんはリビングを出ていった。

プリンを抱っこしてソファに腰かけ、つい部屋の中を見回してしまう。

家族三人暮らしというと、勝手に家族の写真がそこかしこに飾られていたり、子供のおもちゃがたくさんあったりする部屋を想像していた。

どういった暮らしなのだろうと考えが過《よぎ》り始めた時、着替えを終えた諒哉君が戻ってきた。

「おまたせー」

勢いよくリビングに入ってきた諒哉君だが、プリンを驚かせないように足を止めて、途中からゆっくりと近づいてきた。

「プリン、だいじょーぶ？」

諒哉君が心配そうに聞いてきたものだから、安心させるようにプリンを近づけた。

「うん、プリンもびっくりしていないから大丈夫だよ」

「よかったー」

永瀬さんにプリンと接する時は驚かせないようにと言われていたことを、ちゃんと覚えていたんだ。

「プリンの頭、優しく撫でてあげて」

「いいの？」

「もちろん」

目を輝かせた諒哉君が本当に可愛い。

すると諒哉君は少し緊張した面持ちで、そっとプリンの頭を撫でた。

「うわぁ、ふわふわ！」

「ふふ、そうでしょ？　毎月綺麗にしてもらっているんだ」

トイプードルの毛は絡まりやすく、三週間から一ヵ月に一度の頻度でトリミングする必要がある。

「かわいーねー、プリン」

プリンも嫌がるどころか、諒哉君に撫でられて嬉しそう。もう少し一緒にいたら仲良くなれそうだ。

「いいなー。ぼくもわんわんとすみたいなぁ」

「諒哉君、犬が好きなの？」

「うん！　だあーいすき！」

どれくらい好きかを身体を使って全力で伝えてきたものだから、笑ってしまう。

ところで永瀬さんはどうしたんだろう。諒哉君の着替えをしに一緒にリビングから出ていったきり戻ってこない。

「諒哉君、パパは？」

気になって諒哉君に聞いたところ、耳を疑う答えが返ってきた。

「パパはねー、とおいくにだよ」

「……え？」

遠くにいるってどういう意味？　諒哉君のパパは同じ家の中にいるのに。

「どうしたの？　諒哉君。パパならすぐ近くにいるじゃない」

「ううん、パパはひこーきにのっていっちゃったから」

諒哉君に言われ、ふと部屋の中を見回す。

綺麗に整理整頓されていて、物も少ないと思っていたけれど、もしかして……。

「すみません、仕事の電話が入ってしまってお待たせしました」

諒哉君にパパのことを聞こうとした時、タイミングよく永瀬さんが戻ってきた。すると諒哉君は彼のもとへ歩み寄る。

「よーへーくん、りほちゃんにおしえてあげて」

「ん？　なにをだ？」

永瀬さんに抱き上げられた諒哉君は、私を指差した。

「りほちゃんにねー、ぼくのパパとママがとおいくににいるって」

「え？」

諒哉君に言われて驚いた表情を向ける彼に、居たたまれなくなって立ち上がった。

「すみません！　永瀬さんがなかなか戻ってこないので、諒哉君にパパは？って聞いたところ、遠い国にいると言われて……」

私ってばなにをやっているのよ。人の家庭の事情に深入りしたら迷惑じゃない。

しかし永瀬さんは怒っている様子はなく、あぁと頷いた。

「いいえ、謝らないでください。最初に事情を説明しなかった俺が悪いんですから」

そう言うと彼は、諒哉君の頭をひと撫でして続けた。

「諒哉は弟夫婦の子供なんです。いつもは母が預かっているのですが、ちょうどぎっくり腰をやってしまい、急遽俺が預かることになったんですよ」

「そう、だったんですね。私はてっきり永瀬さんのお子さんだとばかり……」

素直に思ったことを口にすると、彼は苦笑いした。

「とんでもない。子供どころか、結婚の予定もありません」

「そーだよー。パパがねー、よーへーくんはしごとばかっていってた」

ちょ、ちょっと待って。理解が追いつかない。整理すると、諒哉君は永瀬さんの子供ではなくて、結婚もしていないしさらに恋人もいないってこと？

「あいつ、そんなこと言ってたのか？」

「うん！　パパが言ってた」

ふたりのやり取りが頭に入ってこないほど混乱する。そんな中、プリンがわん！と吠えたものだから我に返る。

「すみません、散歩が遅くなりましたね。行きましょうか」

「は、はい」

そうだよ、今日は諒哉君とプリンの散歩をするために来たんだ。今はとにかく諒哉君を楽しませることに集中しよう。

そう自分に言い聞かせるが、なかなか動揺は収まらない。それでも彼らとともに家を後にして、散歩コースを進んでいく。

すると諒哉君は私が持つリードに興味津々。その姿を見てある考えが浮かび、一度足を止めた。

「諒哉君、一緒にリード持ってみる?」

「え?　いいの!?」

「うん。その代わり私と一緒にね」

「やったー!」

プリンは急に走り出すような子じゃないし、父や母それぞれにスピードを合わせてくれていたという。そんなプリンなら諒哉君の歩く速度にも合わせてくれるはず。

予想通り、諒哉君が私と一緒にリードを持つとプリンは進むスピードを緩めた。そして何度も振り返って私たちを確認している。

「プリン、賢いですね」

それを見た永瀬さんは感心しながら言った。

「はい、親ばかだとよく言われますがプリンは頭がいいんですよ。たまに話していて人間の言葉がわかるんじゃないかって錯覚しますし」

「それ、犬を飼っている同僚も同じことを言っていました」

「本当ですか？」

愛犬家の考え方は共通のようだ。

それからいつもの散歩コースを回り、マンションが近くなってきた頃には十九時になろうとしていた。

「ねぇ、よーへーくん。ごはん、おうちでみんなでたべよ？」

「そうだな。相庭さん、よかったら夕食ご一緒しませんか？」

「……え！」

まさかのお誘いに大きな声が出た。

「と言っても、簡単なものしか用意できませんが」

「りほちゃん、よーへーくんのごはんね、おいしいんだよ。たべよ？」

諒哉君に愛らしく上目遣いで言われて、断れる人などいるだろうか。それに永瀬さんは独身だ。それなら家にお邪魔して食事をともにしても大丈夫だよね。

「じゃあお言葉に甘えてもいいですか？」

「もちろんです。よかったな、諒哉」

「うん！」

永瀬さんの諒哉君を見る目は優しくて、大切にしているのが窺える。まるで本当の父親のようだ。子供が好きなのだろうか。

マンションに戻ったら、さっそく彼が手料理を振る舞ってくれた。事前に仕込みはしていたようで、少ししてハンバーグとかぼちゃのスープ、コールスローサラダが食卓に並ぶ。

私も家からプリンの市販のご飯を持ってきて、みんなで食事の席に着いた。

「いただきます」

「いただきまーす！」

諒哉君とともに手を合わせて、さっそくハンバーグに箸を伸ばした。肉汁が溢れ、手作りのデミグラスソースも絶品。

「お店の味です。美味しいです！」

思わず興奮しながら言うと、永瀬さんは少し照れた様子ではにかんだ。

「相庭さんの口に合ってよかったです。昼から仕込んだ甲斐《かい》がありました」

大変な仕事をしているはずなのに、家の中は綺麗に片づいているし料理も得意。そのうえ、かっこいいし優しい人だと思う。

彼が作ってくれた料理を食べながら、諒哉君は私にパパとママや保育園のことなど、様々な話を聞かせてくれた。

「パパはカッコよくてー、ママはかわいいの。でもふたりともおしごとたいへんなんだって」

「そっか、じゃあ諒哉君はちょっと寂しいね」

「うん……。だけどぼくへいきだよ。おしごとがないひはね、パパもママもぼくといーっぱいあそんでくれるんだ」

身振り手振りで話す諒哉君がとにかく可愛くて癒やされる。保育園にはどんなお友達がいるかなども詳しく教えてくれた。

食後は家から持ってきたおもちゃを使い、諒哉君はプリンと遊び始めた。その微笑ましい様子を眺めながら、私と永瀬さんはキッチンに立って食器洗い。

「すみません、手伝っていただいて」

「ご馳走《ちそう》になったんですから当然です。手伝わせてください」

彼が洗った食器を受け取って拭くのが私の役割だ。丁寧に水滴を拭き取りながらプリンと諒哉君を眺めていると、永瀬さんが話し始めた。

「相庭さんは子供への接し方がお上手ですね」

「え？　そうでしょうか」

「はい。俺はどうも苦手で。仕事柄、子供向けのイベントに駆り出されても、どう接したらいいのかわからないから、怖がらせている気がするんです。正直、諒哉へも今の接し方で合っているのか時々不安になります」

意外な話に驚きを隠せない。だって永瀬さんが諒哉君を見る目はいつも優しいから。

「私、本気で諒哉君は永瀬さんの子供だと思っていたんです。そう見えるくらい自然に接されていると思います」

「ありがとうございます。諒哉を預かるのは急な話だったのでどうしようかと思ったのですが、ちょうど預かった初日に相庭さんとプリンちゃんに会えたおかげで、会話に困ることはありませんでした。諒哉、ずっとプリンちゃんの話ばかりだったので」

その時の諒哉君を思い出したのか、永瀬さんはクスリと笑った。

「相庭さんにもすっかり懐いていますよ。お仕事で子供に関わる機会も多いんですもんね」

永瀬さんに聞かれ、ドキッとなる。

彼は既婚者だと思っていた時は、私のことを忘れているのならそれでいいと思っていた。でもそうではないとわかり、こうして隣人として再会をしたのも運命だと感じている。

これからも接点を持っていきたいし、もっと彼のことが知りたい。それなら隠す必要もないよね。

「はい、イベント会社で働いているので幼児向けのイベントも多く、自然と子供との接し方にも慣れてきました」

「イベント会社……」

私の仕事を聞き、オウム返しした彼は思い出したのかもしれない。それなら先に打ち明けようと思って話を続ける。

「あの、永瀬さんは忘れていると思うのですが実は私、一ヵ月ほど前に永瀬さんに火災現場で助けてもらったことがあるんです」

そう言うと、永瀬さんは大きく頷いた。

「はい、覚えていますよ」

「えっ？」

もしかして彼は忘れていたわけではなく、気づいていた？

確信を持った目で見つめられると、どうしたらいいのかわからなくなる。

「あの、最初から気づかれていましたか？」

恐る恐る尋ねると、彼は少し戸惑いながらも頷いた。

「はい。しかし相庭さんはなにも言ってこなかったので、自分のことは忘れているのだと思っていました。もしくは忘れたいのかもしれないと思いまして」

「どういう意味でしょうか？」

その真意が知りたくてすかさず聞くと、彼は丁寧に説明してくれた。

「大きな火災事故に巻き込まれた方の中には、トラウマになる人もいるんです。俺がきっかけで当時のことを思い出し、嫌な記憶をよみがえらせたくないと思いまして言えずにいました」

「永瀬さん……」

彼の優しさに触れて、胸が苦しいほど高鳴った。

「今は大丈夫ですか？　フラッシュバックを起こしたりしていませんか？」

心配そうに聞かれても胸がいっぱいで言葉が出ず、代わりに首を横に振った。

「それならよかったです。イベントに参加されたお子さんたちからの手紙も届けてくださり、ありがとうございました。署員で大切に保管させていただき、みんなよく読み返してモチベーションを上げているんですよ」

なんて嬉しい話だろう。子供たちの気持ちが消防士の皆さんに届いて本当によかった。

「私も永瀬さんが忘れているなら、敢《あ》えて言わなくてもいいと思っていたんです。だから今さらになってしまうのですが、助けてくださり本当にありがとうございました」

食器と布巾を置いて改めて感謝の思いを伝えると、永瀬さんは優しい表情で私を見つめる。

「相庭さんを助けることができてよかった。こちらこそ覚えていてくださり、ありがとうございます」

「そんなっ……！　忘れるわけがないじゃないですか！　きっと一生忘れないと思います」

もうだめかもしれないと本気で思った時に、まるで漫画や小説のヒーローのように助けてくれたのだから。

つい力を入れて言ったところ、彼は目を瞬かせる。

「一生ですか？　それはありがたいな」

口元を手で押さえて「フッ」と笑う姿に、苦しいほど胸が高鳴る。

諒哉君に接する時の優しい笑顔が素敵だと思っていたけれど、こんな風にも笑うんだ。

彼らしい笑い方に目が離せなくて言葉が出ずにいると、永瀬さんは申し訳なさそうに眉尻を下げた。

「すみません、笑ったりして」

「え？　いいえ、そんなっ！」

私がなにも言わなかったから、笑われて怒っていると勘違いされた？　それなら申し訳なくて早口で捲《まく》し立てた。

「謝らないでください。むしろ笑ってもらえて嬉しいですから！」

気にしてほしくない一心で言った後で、自分でもおかしな発言をしたことにすぐに気づいた。

なに？　笑ってもらえて嬉しいとか。変人に思われた？

変な汗が流れそうになっていると、彼は私に背を向けた。そんな永瀬さんの肩は小刻みに震えている。これ、絶対笑われているよね。

「相庭さんは面白い方ですね」

「えっと……」

褒められている？　喜んでいいの？

「えー？　よーへーくんがわらってる！　どーしたのー？」

永瀬さんが笑うことは珍しいのか、興味深そうに諒哉君が駆け寄ってきた。すかさずプリンもやって来て、私の足元で「わん、わん！」と吠える。

「どうもしていないよ。ただ、相庭さんと楽しくお話ししていただけ」

永瀬さんの表情は戻ってしまった。もっと笑った顔が見たかったと少し残念に思う。

「じゃあ、ぼくもりほちゃんとたのしくおはなしする」

可愛いことを言う諒哉君に心臓が止まりそうだ。

「ありがとう。じゃあ楽しいお話をしようか」

「する！」

片手を挙げて返事をした諒哉君に、私は笑ってしまった。

急いで洗い物を片づけて、永瀬さんが諒哉君にはオレンジジュースを、私には珈琲《コーヒー》を淹《い》れてくれた。

そのままソファに移動して、諒哉君からプリンのことについて質問され、丁寧に答えていった。

「プリンは、ひとりでねんねするの？」

「そうだよ」

「すごーい。ごはんはいっぱいたべる？」

「食べるよ。その分、いっぱい運動もしているの」

答えるたびに諒哉君は興味津々ですぐ次の質問をしてくる。

「りほちゃんがおしごとしているときは、ぷりんはおるすばん？」

「うん。ひとりでお留守番頑張ってくれてる」

「そっかー。じゃあぼくもがんばらないとだね」

拳をギュッと握って気合いを入れる諒哉君を見て、切ない気持ちになる。

諒哉君の年頃なら、パパとママに甘えたいはず。それなのに……。

「永瀬さん、いつまで諒哉君を預かっているんですか？」

「今日までです。明日は当直なので仕事前に実家の母のところへ連れて行きます。でも、ぎっくり腰でしばらくはつらそうなので、休みの日は預かるつもりです」

「そうですか」

事情を聞いたところで、諒哉君はトイレに行くと言って席を離れた。そのタイミングで私は永瀬さんにある提案をした。

「あの、もしよかったら永瀬さんがお休みの日は、今日みたいに一緒にご飯を食べてプリンの散歩をしませんか？」

「そんな……。そこまでご迷惑をおかけするわけにはいきません」

予想していた通り断られたが、めげずに続ける。

「迷惑なんかじゃないですよ。今日、諒哉君と一緒に散歩できて嬉しかったですし、プリンもすっかり懐いています。なにより諒哉君を楽しませてあげたいんです」

「相庭さん……」

諒哉君の話を聞いて、こんなにも懐いてくれたならできる限り力になりたいと思う。

「それに永瀬さんにも、もっと諒哉君への接し方に自信を持ってほしいんです。その手助けをさせてくれませんか？」

彼の接し方はとても上手だと思う。だから諒哉君も永瀬さんに懐いているのだろう。もっと自信を持ってほしい。

今度はすぐに断られることはなく、彼は考えている様子。そこに諒哉君が戻ってきたから声をかけた。

「諒哉君」

「なーに？」

私のもとに駆け寄ってきた諒哉君にさっそく聞いてみる。

「永瀬さんの家に来た日はまた一緒にプリンのお散歩をして、ご飯を食べない？」

「ええっ！　いいの？」

驚く諒哉君にすぐに「もちろん」と答えた。

「今度は私がご飯を作るね。あ、でも私は永瀬さんほど料理が得意じゃないから、そんなに美味しく作れないけど、それでもよければ一緒に食べてくれる？」

正直、これまで実家暮らしで親に甘えてばかりで家事全般をほとんどしてこなかった。おかげで親のありがたみをヒシヒシと感じている。

「たべるー！　ねぇ、よーへーくんいいでしょ？　りほちゃんがいっしょにたべようって！　いいよね!?」

よほど嬉しかったようで、大興奮する諒哉君に永瀬さんは困惑する。

「ちょっと待て、諒哉。あの、やはりそこまでご迷惑をおかけするわけには……」

断られる流れになったところで、諒哉君が訴える。

「ねぇ、よーへーくんもたのしかったでしょ？　またみんなでごはんたべよ」

諒哉君に腕を掴《つか》まれておねだりされたら断れないだろう。案の定、永瀬さんは申し訳なさそうに私を見た。

「すみません、弟だけでなく諒哉の母親も起業しており、ちょうどふたりの出張時期が被ってしまい、今回は一ヵ月近くになるそうで……。その間、うちで諒哉を預かった際はお言葉に甘えてもいいですか？」

「もちろんです。これもなにかの縁ですし、いつでも甘えてください！　諒哉君が来る日は、できるだけ残業せずに帰ってきますね」

前もってわかっていれば、前日に残業したりいつもより早くに出勤したりして終わらせればいい。いくらでも調整できる。

「ありがとうございます」

さっそく永瀬さんは諒哉君を預かる予定日を教えてくれた。諒哉君のご両親が帰ってくるまで仕事が立て込まなければいいのだけれど、こればかりはなんとも言えない。

スマホのスケジュールに打ち込んでいる最中、ふとあることが気になった。

「諒哉君のパパとママ、遠い国でお仕事するなんてすごいね」

「うん！　パパもママもかっこいいの」

得意げに言う諒哉君にクスリと笑みが零れる。

「どんなお仕事をされているんですか？」

気になって聞くと、なぜか永瀬さんは「あー……」と言葉を濁した。

「いずれわかると思うのでお伝えしますが、実はですね、弟は相庭さんの勤め先の社長なんです」

「……え」

私の勤め先の社長？　永瀬さんの弟で諒哉君のパパが？

「愚弟がお世話になっています」

「……えぇっ!?　本当ですか？」

やっと理解できて思わず大きな声が出た。

そういえば、社長も〝永瀬〟だ。彼から自己紹介されて、常に「永瀬さん」と呼んでいたのに、まったく気づかなかった。

それというのも、失礼ながら兄弟だと言われても気づけないふたりだからだ。

かっこいいけれどクールなイメージを持つ永瀬さんと、アイドルのような爽やかなイメージがある社長が兄弟だなんて。正直、あまり似ていない気がする。

「俺は父親似で弟は母親に似たんです。だからよく昔から兄弟なのに似ていないって言われてきました」

私の考えていることは顔に出ていたようで、説明してくれた彼に居たたまれなくなる。

「そうだったんですね」

「それと最初に言わず、すみませんでした。火災の際に会社名を聞き、弟の会社だとわかっていたのですが、こちらから相庭さんの勤め先の身内だとは言いづらくて」

「大丈夫です。逆の立場だったら、やはり言い出しにくい話題ですもん。気にならないでください」

あまりに多くの偶然が重なっていて、運命と感じるどころか本当に深い縁で結ばれているのではないかと思うほど。

「え？　りほちゃん、パパのことしってるの？」

「うん、すごく知ってるよ。いつも諒哉君のパパにはお世話になっているんだ」

「そーなの？　じゃあぼく、パパがかえってきたらりほちゃんがすきーっていうね！」

「えっと……」

それはちょっとやめてほしいかな。社長に私が諒哉君を惑わせたとか変に思われたらどうしよう。とは、好意で言ってくれている諒哉君には言えそうにない。

「ありがとう」

「どーいたしまして！」

キラキラで純粋な目を前にしたら余計に言えない。

「ある程度、弟の会社がどんな仕事をしているのかわかっているので、無理はなさらないでください。時間が空いている時に諒哉と会っていただければ充分ですから」

「はい、ありがとうございます」

今日は本当に驚きの連続だ。だけど、それ以上に彼との出会いに運命という言葉を何度も感じた。私、この恋を頑張りたい。


それからほどなくして私とプリンは部屋に戻った。

お風呂に入っている間もベッドに入ってからも、思い浮かべるのは永瀬さんのことばかり。連絡先を交換したため、何度もスマホのアドレス帳に入っている彼の連絡先を眺めてしまう。

諦めなくてもいいと思ったら、彼に対する気持ちが溢れて止まらなくなった。

彗星《すいせい》の如《ごと》く現れたキミ　陽平SIDE

幼い頃から父の背中を見て育ってきたため、父と同じく、多くの人の命を守る消防士になるのが夢だった。俺が小学五年生の時、父が末期癌《がん》による長い闘病生活の末に亡くなってから、より強く消防士になりたいと願うようになった。

念願の消防士になれてからは命の危険と隣り合わせの仕事とひたむきに向き合い、二十八歳になった今は消防士長として現場をまとめる立場に就いている。

緊張感を持って仕事に取り組む日々は大変な面もあるがやりがいがあり、充実してもいた。それでも独り身でいると、早く結婚したらどうかと周りが言ってくる。

しかしなにを言われても今の暮らしに満足しており、仕事に夢中で恋愛に興味はなかった。生涯独身でもいいとさえ思っていたんだ。……彼女と出会うまでは。

消防士となってから、二交代制で働いている。当直は朝の八時半に出勤して、次の日の朝の八時半までの勤務だが、そのうちの八時間は休憩と仮眠の時間だ。

次の日は非番といって基本的には休みだが、災害や火災が発生したら出動する。当直と非番を繰り返して公休となる。

今日は当直で今は深夜一時過ぎ。仮眠の時間だが仕事が終わらず、執務室で事務作業をしていると、署内に予告指令のベルが鳴り響いた。すぐに出動態勢に入る。

指令はいつ入るかわからない。訓練中だったり休憩中だったりもする。だから俺たちは指令がかかった時にスイッチを入れてすぐ緊張感を持って現場に向かえるようにしている。

火災入電中のアナウンスを聞きながら控室へと急ぐ。先に到着していた隊員とともに防火衣に着替える。

着替え終わったら車庫へと向かい、指令書をもとに消防車の進入経路や火災戦術の方法など簡単に打ち合わせだ。

「場所はここなので、一号車は右側から進入して待機。二号車は左側から進入」

急いで消防車に乗り、現場へと向かう。走行中、指令室からの情報を無線で聞きながら、現場での動きを再度確認していく。火災現場が近づくにつれて黒煙が見え、緊張がはしる。

現場ではチームワークが重要だ。現場の状況を確認して声を掛け合い、消防隊、レスキュー隊それぞれ対応に当たる。そのため、仲間同士の絆《きずな》は強まっていた。

「今日の現場も軽傷者のみでよかったですね」

「あぁ、そうだな」

消防署に戻り、防火衣を脱ぎながら新人の堀越大樹《ほりこしだいき》が屈託ない笑顔で言う。彼につられ、俺も頬が緩む。

消火には三時間近くを要したが、幸いなことに出火してすぐに家人は気づき、避難した後に火が燃え広がったとのこと。堀越の言うように要救助者はいなくてよかった。

「陽平さん、仕事が終わったらなにか食いに行きませんか？」

いつも話しかけられて言葉を交わす程度で、愛想よく接していないにも関わらず、なぜか堀越には随分と懐かれていて、こうして当直明けに食事に誘ってくる。いつもだったら誘いに乗っているところだが、今日はそういうわけにはいかない。

「悪いな、この後実家に行かないといけないんだ」

「そうですか」

あからさまに残念がる堀越に、申し訳なくなる。

「その代わり、今度俺のオススメの店を紹介するよ」

「本当ですか!?　絶対ですよ？　やった！　楽しみ」

堀越は感情豊かですぐ顔に出る。それが可愛いと思うんだよな。

それから雑務を終えて消防署を出たのは十時過ぎ。ぎっくり腰の母では、買い物や食事の準備をするのも大変だろう。おまけに今は諒哉も預かっているのだから。母では保育園への送り迎えが難しいため、実家に預けている間は休ませている。

スーパーに寄って実家に向かうと、すぐに諒哉が玄関まで駆け寄ってきた。

「よーへーくんだー！」

「いい子にしてたか？　諒哉」

荷物を玄関に置いて駆け寄ってきた諒哉を抱き上げた。

「うん！　ばあばのおてつだいできたよ、ぼく！」

「そうか、偉いな」

頭を撫でると諒哉は嬉しそうに頬を摺《す》り寄せてきた。

弟の剛志に子供が生まれたと聞き、出産祝いに行ったのは諒哉が誕生してから二週間後だった。

赤ちゃんに接する機会などほとんどなかった俺は、剛志から「抱いてやって」と言われた時は困惑した。

落とさないかと怖かったが、初めて触れた諒哉は温かくて柔らかく、俺が抱いて壊さないかと本気で不安になったほど。それと同時に愛《いと》おしく思った。

それから諒哉はすくすくと大きくなり、明るい子供に育っていった。しかし俺は諒哉が話せる言葉が多くなるにつれて、接し方がわからなくなっていった。

そもそも子供とはどうやって接したらいいのか、どんな話をしてなにをして遊んでやったら喜ぶのかわからなかったから。

そんな気持ちとは裏腹に、諒哉は驚くほど俺に懐いた。会えば抱きついてきて色々な話を俺に聞かせてくれる。

だが、それは弟夫婦や母も同席の場でのこと。なにかあったとしても周りに諒哉を理解している人がいるから安心できていた。

だから急遽、諒哉を三日間預かることになった時はどうしたらいいのかわからなかったんだ。

「あとね、ばあばにりほちゃんとプリンのことをおしえてあげたの」

諒哉の口から彼女の名前が出て、少しだけ胸が高鳴ったことに戸惑う。

「そ、そうか」

これまで多くの命を救ってきたが、その中でも彼女に強い印象を抱いていたから、再会してすぐに気づいた。

身内でもない子供を身を挺《てい》して守った彼女の姿に感銘を受けたが、勇気ある行動は時に自分を危険に晒《さら》すことをしっかりと理解し、謝罪してきたことにも衝撃を受けた。

その日から彼女のことが頭から離れず、自分でもなぜなのかわからなくて困惑する中、火災から二日後に彼女が会社を代表して、子供たちの感謝の手紙を持ってきてくれた。

再び会えたことが嬉しくもあり、自分の気持ちに大いに戸惑った。彼女はただ仕事の一環で手紙を届けに来てくれただけなのに。

純粋な気持ちで俺に感謝の思いを伝えてくれた彼女とは違い、邪《よこしま》な気持ちを持っていることを悟られたくなくて、平静を装うのには少し苦労した。

だけど嬉しい再会の時間はあっという間で、それから当然のごとく彼女と会うことはなかった。

なにも接点などないのだから当たり前だというのに、会えない間ずっと彼女への想いは募るばかりだった。

だから隣に彼女が越してきた時は、どれほど驚いたか。でも、ここでも昔から感情を表に出すのが苦手なことが幸いした。

向こうは俺のことなど覚えていない様子だったし、あの火災が彼女のトラウマになっている可能性もある。

それなら無理に思い出してほしくなかったし、まだ芽生えたばかりの感情を心の奥に閉じ込めて、彼女のためにも関わらないほうがいい。

しかし、その思いに反して諒哉をきっかけに彼女との接点は増えていくばかり。ともに過ごす時間は心地よく、彼女の人となりに触れてますます興味を抱いた。

彼女と再会したのは、ちょうど諒哉を預かった初日。諒哉とふたりっきりで過ごすのが初めてだったから、どうやって過ごせばいいのかと思い悩んでいたが、彼女と愛犬のおかげで諒哉との会話に困ることはなかった。

まぁ、諒哉が俺の子供だと勘違いされていたのは複雑だが。父親だと思われるほど自然に接することができていたことが嬉しかった。

「ねぇ、いつりほちゃんとプリンにあえるの？」

「そうだな……俺の休みの日だから、あと三日は会えないな」

「えぇー、そんなに？」

あからさまにがっかりする諒哉が、幼い頃の剛志と重なって見える。

「ばあちゃんが聞いたら悲しむぞ？」

諒哉を抱えたまま荷物を持ち、廊下を進んでいく。

「ぼく、ばあばもすきだよ？」

「わかってるよ」

慌てて言う諒哉が可笑《おか》しくて笑みが零れる。

諒哉が生まれてからというもの、俺は昔と比べて感情がよく表に出るようになったと思う。その変化にいち早く気づいたのが母で、「陽平も早く結婚して子供をつくりなさい」と言われたが。

しかし以前と比べたら……の話で、今でも初対面ではよく冷たい印象を持ったと言われる。

実際に諒哉の母親にも怖いと思われていたようだ。そういえば臆することなく最初から普通に接してきた女性は、相庭さんが初めてかもしれない。

交際歴はあるが、決まって同じ理由で振られてしまう。

なにを考えているかわからない、真面目すぎてつまらない。そして社会人になってからは必ず、「私と仕事、どっちが大切なの?」と聞かれていた。

俺にとって仕事も恋人も大切だ。そう伝えるのだが、多分それは正解ではなかった。しかし嘘などつきたくなかったし、人命がかかっているんだ。どうしても仕事優先になる俺に彼女たちは愛想を尽かしていった。

そうなると自然と恋愛からは遠ざかっていき、ここ数年は誰とも付き合っていない。

そもそも自分から誰かを好きになったことがなく、告白されて相手のことを知り、好感を抱いて付き合うばかりだった。だから今の状況に自分自身が一番驚いている。

こんなにも興味を引かれて好感を抱き、もっと彼女のことが知りたい、仲を深めていきたいと思えた人は初めてなのだから。

「ただいま。母さん、大丈夫か？」

茶の間に入ると、母は腰が痛むようで横になっていた。

「おかえり。悪いわね、仕事終わりに来てもらっちゃって」

「平気だから気にしないでくれ」

諒哉を下ろして台所へ向かい、冷蔵庫に買ってきた食材を入れていく。

「何品か作り置きしておくから、無理しないで安静に過ごしてくれ」

「ありがとう、助かるよ」

それから台所に立って、簡単なものだが、母と諒哉が好きなおかずを作っていった。

今日の昼は、余ったら冷凍保存できるようにカレーを作った。諒哉はもちろん、母も好きな甘口で仕上げたカレーを、ふたりとも「美味しい」と言って完食してくれた。

少しして満腹になった諒哉はスヤスヤと眠り、その間に片づけを済ませていく。

「母さん、おかずは冷蔵庫に入っているから」

「悪いね。でも久しぶりに陽平の手料理が食べられて嬉しいよ。本当にありがとう」

面と向かって母にお礼を言われると照れくさくなって、ぶっきらぼうに「あぁ」としか言えなかった。

お茶を淹れて昼過ぎのテレビ番組を一緒に見ていると、母が口を開いた。

「最初はどうなるかと思ったけど、諒哉とうまくいったようでよかったよ」

「おかげさまで」

盆や正月など諒哉と会ってはいたが、ふたりっきりで過ごしたことはない。母はとても心配していたようで、何度も困ったことはないか、諒哉は大丈夫かと電話をかけてきた。

しかし、諒哉を預かった初日は相庭さんと再会したことで、諒哉との会話に困ることはなかった。それに弟夫婦の教育の賜物だろう。

子供らしく、暴走したら止めるのが大変ではあるが、諒哉はとても優しくて思いやりのある子だ。

一度言えば理解し、進んで手伝いもしてくれる。今度弟に会ったら、「どうやったら、あんないい子に育つんだ?」と聞きたいくらいだった。

「諒哉を預かったら、陽平も結婚して子供が欲しくなったんじゃない?」

母にからかい口調で聞かれたが、諒哉とともに過ごしたことで少し考えが変わってきた。

「そうだな」

諒哉のような子供が欲しいと何度も思った。子育ては大変だろうが、それ以上に得られる幸せが大きいはず。

素直に答えた俺に対し、母は目を丸くさせた。

「え？　ちょっとなに？　まさか結婚したい相手でもできたの？　もしかして諒哉が言ってた理穂さん？」

「なにを言って……。彼女は違うから。ただ単に諒哉と過ごしてみて子供はいずれ欲しいと思っただけだ」

とは言ったものの、彼女のことが気になる以上、否定できないから少しばかり動揺した。それに気づいた母は興奮しながら続ける。

「あら、やだ！　図星なのね。そうなの、やっと陽平にも結婚を考える相手ができたのね。諒哉も懐いているようだし、きっと素敵な女性なんでしょ？　楽しみだわー」

「母さん、勝手に話を進めないでくれ。本当に彼女とは……」

「はいはい、まだ違うって言うんでしょ？　でも陽平は理穂さんのことが気になっている。そうでしょ？」

確信を得た目で言われ、なにも言えなくなる。

「いい？　陽平は感情を表に出すのが他の人より下手なんだから、その分ちゃんと言葉にして伝えないとだめよ。そうでなければ、理穂さんに愛想尽かされるからね」

人差し指を立てて厳しい口調で言う母に、苦笑いしてしまう。

すっかり上機嫌な母にはなにを言っても無駄だと悟り、否定も肯定もしなかった。

「それじゃ早く腰を治して、理穂さんにご挨拶をさせていただかないとね」

母は冗談交じりに言うが、本当に突然押しかけてきて相庭さんに会いに行きそうだから怖い。

「お願いだから勝手に会いに行ったりしないでくれよ？」

念を押すように言うと、「もちろんよ」と答えながら顔はニヤニヤしていて不安でいっぱいだ。もう一度彼女とはまだ知り合ったばかりなのだから、勝手なことはしないでくれと言い、昼寝中の諒哉の隣で俺も横になった。

次の日、再び当直に入って非番明けに諒哉とともにマンションへと戻った。

「ねぇ、よーへーくん。きょう、プリンとあえるかな？」

「そうだな、相庭さんには今日マンションに戻るって伝えてあるから、会えると思うぞ」

「ほんとう？　やったー！」

マンションへの帰り道、プリンに会えると聞いて諒哉は大喜び。

「でも相庭さんは今日仕事だから、会えるのは夕方だからな」

「じゃあ、いっぱいねておく」

「それはいい考えだ」

プリンと遊ぶために昼寝宣言する諒哉が可笑しくて頬が緩む。

マンションに戻ったのは十三時過ぎ。うがい、手洗いを済ませて諒哉は宣言通りベッドに入って眠りに就いた。

その間に俺は掃除などの家事を済ませていく。

この前、今度は自分が手料理を振る舞うと言ってくれたが、彼女は今日は仕事だ。疲れて帰ってくるだろうし、なにか作っておこう。

帰りにスーパーに寄って食材は購入してきたため、諒哉が昼寝をしている間に下準備を進める。

スーパーで諒哉が唐揚げが食べたいと言っていたから、鶏もも肉に下味を付けていく。他にもサラダや味噌《みそ》汁を作っていると、時間はあっという間に過ぎて十六時になろうとしていた。

「よーへーくん、プリンは？」

昼寝から起きてきた諒哉は、目を擦りながらリビングに来た。

「起きたか。プリンはまだ来ていないよ」

「あとどれくらい？」

「そうだな……。二時間くらいだと思う」

たしか相庭さんは、定時は十七時半で、残業がなければ十八時前には帰ってこられると言っていたはず。

「じゃあおそとでまってよう」

「外で？」

「うん！　りほちゃんにおかえりっていう」

諒哉は弟に似たのか、一度口にすると曲げないことが多い。こうと決めたら実行する。だから家で待っていようと言っても聞く耳を持たないだろう。

それでも内容によっては宥めることもあるが、今回ばかりは諒哉の意見に賛成だ。

「そうだな、時間になったらお外で待っていようか」

「うん、よーへーくんもちゃんとりほちゃんにいわないとだめだよ？」

「わかったよ」

言い方が本当にいつも愛らしい。諒哉を預かってから、様々な感情を抱いている。

可愛いはもちろん、生まれてからたった三年でここまで成長したのかと感動もしたし、自分の意見を曲げないところに苦労したり……。

弟夫婦は仕事をしながら諒哉を育てているんだ、よくやっていると思う。

これまでは諒哉とふたりっきりで過ごす自信がなかったから、預かると言えずにいた。しかし今回で大丈夫だとわかったし、母の都合がつかない時は協力しよう。

そんなことを考えながらお手伝いするという諒哉とともに、夕食の準備を進めていった。


「りほちゃん、まだかなぁ？」

「もう会社を出たって連絡がきたから、そろそろ着くと思うぞ」

夕食の準備を終えて少し経つと、相庭さんから今から帰ると連絡が入った。それを諒哉に伝えると、すぐに外に出ようと言い出したのだ。

マンションの外に出て、諒哉は相庭さんの帰りを今か今かと待っている。

諒哉はプリンにはもちろん、相庭さんにもとても懐いている。人懐っこい性格だと思うが、会ったその日から諒哉は相庭さんのことを気に入っているようだった。

自分の部下が出張中に息子と仲良くなっていたと知ったら、弟は驚くだろう。

知った時の弟の様子を想像しながら諒哉と待つこと十五分。俺たちに気づいた相庭さんが駆け寄ってきた。

「あー！　りほちゃんだー！」

相庭さんの姿を見た諒哉もまた彼女に向かって駆け出した。諒哉は勢いそのままに膝を折った彼女に抱きつく。

「お外で待っててくれたの？」

「うん！　おかえり、りほちゃん！」

「ありがとう。ただいま」

相庭さんに抱きしめられて、諒哉はご満悦な様子。

「すみません、諒哉が」

すぐに俺もふたりのもとに駆けつけて謝ると、彼女は諒哉を抱っこしたまま立ち上がった。

「いいえ、むしろ待っててくれて一気に疲れが吹き飛びました！」

眩《まぶ》しい笑顔を向けられ、胸が高鳴る。

「あ……お仕事、お疲れ様でした」

彼女の笑顔に見惚れていたことに気づき、慌てて口を開いたところ、なぜか相庭さんは目を丸くさせた。

「どうかされましたか？」

なにかまずいことでも言ったのかと不安になって声をかけると、彼女は首を横に振る。

「すみません、家族以外に〝お疲れ様〟って言われて、なんか不思議な気分になっちゃって」

彼女があまりに照れくさそうに言うものだから、伝染するように恥ずかしくなる。

だけど俺も仕事から帰ってきて、相庭さんに「お疲れ様でした」と言われたら同じ気持ちになりそうだ。

「たしかに、家族以外に言われると照れくさいものがありますね」

「そうですよね！　じゃあお返しです」

そう言うと彼女は目を細めて俺を見つめる。

「永瀬さんも、お仕事お疲れ様でした」

優しい声色で言われ、急激に苦しさを覚える。

ただ労《ねぎら》いの言葉をかけてくれただけだというのに、好意を抱いている相手に言われたからだろうか。驚くほどに心臓が痛い。

「ありがとうございます」

動揺していると気づかれたくなくて、どうにか言葉を返した。

「どういたしまして」

そう言ってまた笑う相庭さんに胸は高鳴るばかり。

「ぼくも！　ぼくももういっかいいう！」

諒哉は手を挙げて俺たちの話に入ってきた。

「りほちゃんもよーへーくんも、おちかれさま！」

お疲れ様がうまく言えない諒哉の頭を撫でながら、相庭さんは「ありがとう」と言った。愛らしい諒哉に助けられた。

「ありがとうな、諒哉」

「えへへ」

俺も諒哉の頭を撫でながら、つい優しい笑顔を向けて諒哉と話す彼女に目がいく。

会うのは数日ぶりなのに、相庭さん、前よりも可愛くなっていないか？

「りほちゃん、プリンのおさんぽいく？」

「そうだね、プリンも待っているし一緒に行ってくれる？」

「もちろんだよ！」

そう言うと相庭さんが俺を見たものだから目が合った。

「永瀬さん、今から諒哉君とプリンのお散歩に行っても大丈夫ですか？　いつも何時くらいに寝ているんでしょう。三十分くらいなら大丈夫ですか？」

ずっと見ていたことに気づかれたのかとヒヤッとしたが、そうではなかったようで胸を撫で下ろす。

「昼寝をたくさんしたから大丈夫です。諒哉、ずっとプリンと散歩に行くのを楽しみにしていたのでありがとうございます」

「本当ですか？　よかった」

安心した彼女に、「夕食、簡単なものですが用意したので戻ったら一緒に食べませんか？」と誘ったところ、申し訳なさそうにしながらも、諒哉の一緒に食べたいの一言に頷いてくれた。

それから家の中にいたプリンを連れて、俺たちは三人で散歩に出かけた。

今日も諒哉は相庭さんからプリンのリードを持たせてもらうと、緊張しているのがプリンに伝わったのか、諒哉のほうがプリンに散歩させてもらっている構図になった。

何度も諒哉を気遣うプリンと緊張でいっぱいの諒哉の姿に、あまりに彼女が愛らしく笑うものだから、心臓がずっとうるさかった。

散歩を終え、すぐに俺は唐揚げを揚げていく。相庭さんも諒哉も手伝ってくれて、三人で食卓を囲んだ。

「すごい、サクサク。味付けも最高です」

「よかった」

相庭さんの反応を見て嬉しくなる。諒哉もまた「おいしい」と言ってたくさん食べてくれたから余計に。

「味付けはなんですか？」

「醤油《しょうゆ》や生姜《しょうが》、にんにくなどです。あと母から最後にマヨネーズを加えることでより味がマイルドになると聞き、それから入れています」

「マヨネーズですか。今度作る時、私も入れてみます」

そう言ってまた彼女は美味しそうに唐揚げを頬張った。その姿を見ていると、他にも様々な料理を食べてもらいたくなる。

諒哉の話を聞きながら和やかな時間が流れる中、スマホが鳴った。電話の相手は消防署からで緊張がはしる。

「すみません」

「はい、どうぞ」

席を立って廊下に向かいながら電話に出た。聞かされた内容は都内の山林地帯で火事が発生したとのこと。大規模な火災のようで、管轄外の消防署へも出動要請が入ったそうだ。

「わかりました、すぐに向かいます」

通話を切りふたりのもとへ戻ると、相庭さんが空になった食器を下げてくれていた。

「すみません、片づけていただいて」

「いいえ、これくらいやらせてください。それよりさっきの電話はお仕事ですか?」

俺のただならぬ様子を見て気づいたようだ。

「はい、出動要請が入りました。今日は非番なので今から出動しなければいけません」

事情を説明し、相庭さんを手伝って自分の分の食器を運んできた諒哉から受け取る。

「悪いな、諒哉。これから仕事に行かなくちゃいけなくなったから、ばあちゃんの家に行くぞ」

「えぇー……。プリン……」

残念そうにプリンを見つめる諒哉に申し訳ない気持ちでいっぱいになり、ただ「ごめんな」としか言えない。

そんな中、相庭さんが「あの」と声を上げた。

「よかったらひと晩、私が諒哉君を預かりましょうか？」

「え？」

思いがけない話に目を見開いた。

「永瀬さん、一刻も早く現場に向かわなければいけないんですよね？　それに夜も遅いですし、今からご実家に預けるとなったら諒哉君も疲れると思います」

「いや、しかしそこまで相庭さんにしていただくわけにはいきません」

彼女に頼るわけにはいかない。なにより相庭さんも今さっき帰ってきたばかりで疲れているはず。しかし彼女は引かずに続けた。

「全然迷惑じゃありませんよ。仕事以外でも諒哉君くらいの親戚の子がよく実家に泊まりにきて、一緒に過ごしていたので慣れていますから安心してください。それにこうしてご飯までご馳走になってお礼をしたいと思っていましたし。あ、もちろん諒哉君が私と一緒に寝てくれるならの話ですが……」

相庭さんとともに諒哉を見ると、その場で何度もジャンプした。

「ぼく、プリンとりほちゃんとねたい！　よーへーくん、ぼくだいじょーぶだよ！」

「いや、でも……」

相庭さんのことを信用していないわけではないが、まだ知り合って間もない。今は諒哉も大丈夫だと言っているが、実際に相庭さんとふたりになって寝るとなった時に、ぐずり出したりしないだろうか。

「よーへーくん、ほんとーにぼくだいじょーぶだよ。だからおしごとがんばって」

「諒哉……」

すると相庭さんはこちらに歩み寄り、諒哉を抱き上げた。

「諒哉君も大丈夫と言っていますし、任せてください。でもなにかあった時大変なので、永瀬さんのご実家の連絡先を教えていただいてもいいですか？」

「それはもちろんかまいませんが……。本当に諒哉をお願いしてもいいんですか？　迷惑じゃないか、無理していないかと心配になって聞いても相庭さんはすぐに首を横に振った。

「もちろんですよ。諒哉君と一緒に寝るのが楽しみです」

「ぼくもー！」

本当にお願いしてもいいのかと迷いがあるものの、和気あいあいとしたふたりの様子を見て大丈夫な気がしてきた。

それに彼女の言うように一分一秒でも早く現場に向かいたい。

「相庭さん、お言葉に甘えて諒哉をお願いしてもよろしいでしょうか?」

「はい、責任を持って諒哉君をお預かりしますので、安心してお仕事頑張ってきてください」

相庭さんを真似《まね》して「がんばってね、よーへーくん」と諒哉も言う。

「母には事情を説明しておきますので、なにかありましたら遠慮なく連絡してください」

「わかりました」

急いで実家の連絡先をメモした紙と、バッグに詰めた諒哉の着替えなども一緒に渡した。身支度を整えた俺を、相庭さんと諒哉、プリンはマンションの外まで見送ってくれた。

「今夜中には戻れない可能性が高いです。本当に申し訳ないのですが、明日の朝に諒哉を迎えに行きます。それまでよろしくお願いします」

改めて諒哉のことを頼むと、相庭さんは柔らかい笑みを向けた。

「はい。でも私も明日は祝日で休みなので、慌てて帰ってこなくても大丈夫ですよ。

気をつけて行ってきてください」

「よーへーくん、ばいばーい！」

相庭さんと諒哉に見送られて仕事に向かうって不思議な気分だ。

「ありがとうございます。行ってきます」

でもなぜかいつも以上に仕事へのモチベーションが上がった気がする。それはふたりに「頑張って」とエールを送ってもらえたからだろうか。

今日も被害を最小限に抑え、負傷者を出さないように尽力しよう。

ふたりに見送られ、急いで消防署へと向かった。

初恋を実らせたい

「わん、わん！」

「んっ……」

プリンの鳴き声に重い瞼《まぶた》を開けると、諒哉君はスヤスヤと気持ちよさそうに眠っていた。

一瞬なぜ諒哉君が？とパニックになるも、少しして昨夜のことを思い出した。

プリンを抱っこしてベッドに腰を下ろす。

「ぐっすり眠ってくれてよかった」

まるで天使のような寝顔の諒哉君の頬をそっと撫でる。

昨夜、永瀬さんに仕事の連絡が入ってから、諒哉君とのやり取りを聞いて他人の私が出しゃばるのはよくないとわかってはいても、申し出ずにはいられなかった。

親戚の子をよく実家で預かっていて、私がその子と一緒に寝ることが多かったから少しは子供の世話をすることに自信があった。

とはいえ、諒哉君とは出会ってまだ間もないため、永瀬さんが仕事に行ってからどうなるのか少し不安はあった。

しかしそんな私の不安をよそに諒哉君は私の部屋に入ると、すぐにプリンと遊び出した。お風呂にも私と一緒に入ってくれて、ベッドの中でも寂しさを口に出すことなく、寝る直前までどんなお友達がいるのか、パパとママのことなど様々な話を聞かせてくれた。

プリンが同じ部屋で寝たのも、諒哉君が寂しさを感じなかった要因かもしれない。同じ部屋で眠れるとは思っていなかったみたいで、何度もプリンのベッドを見て「おやすみ」と言っていた。

プリンがいたから私の部屋でお泊まりできたのかもしれないな。

「プリンのおかげだよ、ありがとう」

褒められたプリンは嬉しさのあまり「わん!」と大きな声で吠えた。すぐにプリンの口を塞ぐものの、諒哉君は眉根を寄せる。

「んー……」

目を覚ましてしまったようで、ゆっくりと起き上がった。

寝起きで混乱しないか、急に寂しくならないかと一気に不安になる。とにかく諒哉君を驚かせないように声をかけた。

「おはよう、諒哉君。ぐっすり眠れたかな？」

目を擦りながら私とプリンを見た諒哉君は、小首を傾《かし》げた。

「プリン？　どうして……？」

やはり寝起きだから混乱しているようだ。

「昨日の夜、プリンと私と一緒に寝たのを覚えていない？　いっぱいお話しして楽しかったね。そうだ。諒哉君、プリンの朝のお散歩も一緒に行きたいって言っていたよね。さっそく行こうか」

諒哉君が思い出すように昨夜のことを伝えていくと、記憶がよみがえったようで目を見開いた。

「おさんぽ、いく！　あ、そのまえにプリンごはん？」

「ううん、ご飯の前に行くんだ。諒哉君はそれでも大丈夫？」

食前のほうが散歩の運動による胃捻転や胃拡張を起こしにくいと言われているため、プリンの散歩は食前とずっと決めている。

「へーきだよ。プリンといっしょにたべる」

「わかった、じゃあお着替えをして行こうね」

「うん！」

ひと晩一緒に過ごしてみて本当に諒哉君はいい子だと思うけれど、もっと子供らしく甘えてほしいと思ってしまった。

でも両親が忙しいからワガママを言えないのかもしれない。これぱかりは仕方がないことだし、社長たちが諒哉君を大切にしていることが、諒哉君の話を聞いてヒシヒシと伝わってくる。

それを諒哉君も理解しているから、こんなにいい子に育ったのかも。

それでも少しは甘えてほしいと思い、諒哉君がやりたいことはなんでもしてあげたくなる。きっと今の諒哉君はプリンと過ごすことが楽しみのはず。

社長が出張中は永瀬さんが諒哉君を預かっているようだし、プリンといっぱい遊んでほしいな。

身支度を整えてさっそく諒哉君とプリンの散歩に出かけた。

「りほちゃん、ぼくだいじょーぶ?」

プリンのリードを持ちながら諒哉君は心配そうに聞いてきた。

「うん、大丈夫だよ。プリンも安心してお散歩できてる」

「ほんとう? よかったー」

私の話を聞いて安心した諒哉君は、プリンに「たのしいね」「みて、わんわんだよ！」「ひと、いないねー」と、次々と話しかけていく。

その姿が微笑ましくて無性に動画に残したくなる。

いつもの散歩コースを回り、三十分ほどで戻ってきた。するとすぐに諒哉君は「プリンにごはんをあげよう」と言ってくれて、水とご飯を出してくれた。

勢いよく食べるプリンを間近で見つめる諒哉君が可愛すぎて、たまらず私はスマホのレンズを向けて何枚も写真を撮ってしまった。

「諒哉君、私たちも朝ごはんにしようか。なにか食べたいものある？」

「えっとねー、おにぎり！」

意外なものに目を瞬かせる。

「え、おにぎりでいいの？」

「うん！　ぼくだいすき！」

それならあまり料理が得意ではない私でも作れる。しかし、おにぎりだけとはいかない。たしか冷凍室に鮭《さけ》があったはず。それとお味噌汁と玉子焼きも作ろうかな。

メニューが決まり、さっそくキッチンに立つ。すると諒哉君も「ぼくもやる」と言ってくれたので、鮭を焼いている間に諒哉君におにぎり作りを手伝ってもらった。

火傷《やけど》しないようにご飯を冷ましてから小さな手で握ってもらう。

「上手だね、諒哉君」

「えへへー。ぼく、とくいなんだ」

しっかりと三角に握れている。

「これ、りほちゃんのね」

「ありがとう。じゃあ私が諒哉君の分を握ってあげるね」

「ありがとー」

食べやすいように小さく握り、具は諒哉君が好きだと言う昆布。それと焼き立ての鮭を入れて握っていく。

「すごい、りほちゃん！　さんかくだ」

「本当？　やった。おにぎりを握るの得意なんだ」

昔から綺麗な三角に握ることができて、家族から売り物みたいと褒められていた。

「よーへーくんのもつくらないとね」

そう言って諒哉君は再び小さな手でおにぎりを握り始めた。

永瀬さんは梅が好きだと言うので、梅干しを入れて握っていく。本当になんて優しい子だろう。

「永瀬さんに早く食べてもらいたいね」

「うん。はやくかえってこないかなー」

口では大丈夫と言っていたけれど、やっぱり寂しいよね。三歳なら泣いてもおかしくないのに。そんな時、諒哉君のお腹《なか》が鳴った。

「ふふ、ご飯にしようか」

「うん！」

永瀬さんが帰ってくるまで、私とプリンと過ごして少しでも楽しんでもらえたらいいな。

テーブルに玉子焼きと味噌汁も並べてふたりで手を合わせた。

「おいしー」

「美味しいね」

さっそくおにぎりを頬張った諒哉君は、パクパクと食べ進めていく。その間も、何度か諒哉君は玄関のほうに目を向けていた。時刻は八時半を回ったところ。テレビのニュースでは、都内で発生した山火事が今朝未明に鎮火されたと流れていた。

あの火災現場だとしたら、そろそろ戻ってくるんじゃないかな。

「よーへーくん、だいじょーぶかな？　ねんねしていないよね？」

「そうだね。帰ってきたらお疲れ様って言ってあげようね。あ、永瀬さんが帰ってきたら疲れているから寝かせてあげて、その間、プリンと一緒に公園に遊びに行こうか」

「え！　いきたい！　ぼくもいっていいの？」

「もちろんだよ」

近くの公園にはドッグランがあり、それなら諒哉君とプリンが一緒に遊べる。その間、永瀬さんも休めるだろう。

「やったー！　たのしみー」

「楽しみだね」

元気になった諒哉君は、残りのおにぎりを食べ進めていく。するとインターホンが鳴った。その音を聞いて諒哉君は笑顔で私を見た。

「りほちゃん、よーへーくん？」

「うん、そうだと思う」

立ち上がって先に玄関に駆け出した諒哉君の後を追いかける。すぐに追いつき、諒哉君を抱っこしてドアを開けた先には、息を切らした永瀬さんが立っていた。

「遅くなってすみませんでした」

開口一番に謝罪してきた彼の額には汗が光っていた。仕事が終わって急いで帰ってきてくれたのだろう。

「永瀬さん、お仕事お疲れ様でした」

「おつかれ、よーへーくん」

諒哉君とともに労いの言葉をかけると、永瀬さんは目を見開いた。

「あ……ありがとうございます。諒哉、いい子にしてたか？」

永瀬さんは少しはにかみながら諒哉君の頭を撫でる。

「うん！」

「諒哉君、とてもいい子でしたよ」

私の話を聞き、彼は安心した表情を見せた。

「そうでしたか。本当にありがとうございました」

私から諒哉君を預かった永瀬さんは、改めて深々と頭を下げた。

「いいえ、こちらこそ諒哉君と楽しい時間を過ごさせていただき、ありがとうございました。またなにかあったらいつでも声をかけてください」

「ありがとうございます」

すると諒哉君は永瀬さんの肩をトントンと叩《たた》いた。

「よーへーくん、あさごはんあるよ」

「え？　朝ごはん？」

「うん！　りほちゃんとつくったの」

驚く彼に諒哉君が作ってくれた経緯を説明したところ、嬉しそうに頬を緩めた。

「そうだったのか。ありがとうな、諒哉」

「どーいたしまして！」

微笑ましいふたりのやり取りに幸せな気分になる。

「よかったら食べていってください。諒哉君もまだ食べ終わっていないんです」

「いや、そこまで甘えるわけには……」

私に悪いと思っているのか渋る永瀬さんだけれど、諒哉君が泣きそうな声で「たべてくれないの？」と見つめたら、なにも言えなくなってしまった。

「本当にすみません」と言いながら部屋に上がった彼に、温め直した味噌汁を出した。

「いただきます」

味見はしたし、諒哉君も美味しいと言ってくれたものの、永瀬さんの反応が気になる。固唾《かたず》を呑《の》む中、味噌汁を飲んだ彼は頬を緩めた。

「美味《うま》い」

「本当ですか？　よかった」

美味しいと言ってもらえて胸を撫で下ろす。

「はい、出汁《だし》が利いていて好みの味です」

「出汁は母直伝なんです。なので、母が聞いたら喜びます」

味噌汁だけはしっかり出汁から取るように教わってきたから、褒められて嬉しい。

その相手が永瀬さんだからこそ余計に。

「よーへーくん、これもたべて！　ぼくがにぎったの」

諒哉君が作ったおにぎりも、永瀬さんは何度も「美味しい」と言って食べる。

ここ、私の部屋なんだよね。いつもプリンと私だけの空間に永瀬さんと諒哉君がいることが不思議で仕方がない。でも心地よくて幸せな気持ちでいっぱいにもなる。

「ごちそうさまでした。とても美味しかったです」

「いいえ、大したものを用意できずすみません」

本来なら手の込んだ料理を食べてもらいたかったけれど、でも喜んでくれてよかった。

「そうだ、この後、諒哉君とプリンと一緒に公園に遊びに行ってもいいですか？」

さっき諒哉君と約束したことを思い出して聞くと、永瀬さんは困惑しながら諒哉君を見た。

「ぼく、あそびにいってくるから、よーへーくんはねんねしないとだめだよ？」

人差し指を立てて得意げに言う諒哉君が可愛くて、口を手で覆って笑いをこらえる。

「ねんねって……え？」

さらに困惑した彼は今度は私を見た。

「当直明けで勤務されたんです。ゆっくり休んでください」

「しかし……」

「だめ！　よーへーくんはねんね！」

強い口調で言う諒哉君に、永瀬さんはタジタジな様子。

「本当に私なら大丈夫ですから。さっきも言いましたが、諒哉君と一緒に過ごせて楽しいんです。だから気にせずにゆっくりお休みください」

「わかった？」

どこまでも強気の諒哉君が本当に可愛い。こんなに愛らしい子に叱られたら従うしかないよね。

「わかったよ、諒哉。すみません、相庭さん。少し休ませていただきます」

「はい、ぜひそうしてください」

食器を洗っていくと言う永瀬さんを説得して、どうにか自分の部屋に戻ってもらった。玄関まで彼を見送り、私と諒哉君はハイタッチする。

「うまくいったね、諒哉君」

「うん。これでよーへーくん、げんきになる?」

「元気になるよ、大丈夫」

私の話を聞き、諒哉君は「よかった」と顔を綻ばせた。「ぼくもおおきくなったら、よーへーくんみたいなしょうぼうしになって、みんなをたすけたいな」と続ける。

「諒哉君の将来の夢、素敵だね。……じゃあお片づけをして、公園に行こうか」

「うん!」

諒哉君に手伝ってもらって片づけを済ませ、私たちはプリンを連れて公園へと出かけた。その道中も、消防士として頑張っている永瀬さんの話を、諒哉君は誇らしげに聞かせてくれた。

休日ということもあって、公園には多くの人が来ていた。ドッグラン利用者も多く、プリンは諒哉君とともにお友達に挨拶をしたり、一緒に駆け回ったりと大はしゃぎ。

楽しそうに遊ぶプリンと諒哉君を見守りながら、私も楽しんだ。

マンションに戻ったのは十三時半過ぎ。帰りに近くのパン屋に寄って、パンを購入。帰宅し、少し遅めの昼食をとった。

疲れが溜《た》まっているのか、永瀬さんからの連絡はない。隣の部屋にいるし、きっと起きたら諒哉君を迎えに来てくれるだろう。

それに諒哉君がいたらしっかりは休めないはず。彼が来るまで午後も部屋の中で一緒にテレビを見たり、プリンと遊んだりして過ごした。

永瀬さんが訪ねてきたのは、十五時半を回った頃だった。玄関を開けるや否や彼は平謝り。

「本当にすみませんでした。今さっき起きたばかりで……」

「大丈夫ですよ。少しは休めましたか？」

「はい、おかげさまで」

そう言う彼の表情からは、さっきほど疲れが見えない気がする。少しは永瀬さんの助けになったならよかった。

「諒哉、帰ろう」

「うん」

プリンと思いっきり遊べて満足したのか、諒哉君は駄々をこねることなく素直に永瀬さんに抱っこされた。

「相庭さん、本当にありがとうございました」

「こちらこそありがとうございました。あ、そうだ」

パン屋で永瀬さんの分も購入したことを思い出し、急いで取って玄関に戻った。

「諒哉君に聞きながら永瀬さんが好きそうなパンを買ったんです。よかったら召し上がってください」

「なにからなにまですみません。ありがとうございます。このお礼は必ずさせてください」

パンが入った袋を受け取って申し訳なさそうにする彼に、「本当に気にしないでください」と声をかけた。

だって私から申し出たことだし、本当に昨夜から幸せな時間を過ごさせてもらったから。

「諒哉君、またいつでも遊びに来てね」

「うん！　りほちゃんまたね」

「失礼します」

手を振ってふたりを見送り、プリンが待つリビングへと戻る。

諒哉君がいた時はあんなに賑《にぎ》やかだったのに、シンとしていて寂しさを感じる。

「くぅーん……」

悲しげに鳴きながら私の足にスリスリするプリンの頭を、そっと撫でる。

「プリンも寂しいか。すっかり仲良しになったもんね。早くまた会いたいね」

私もまた早く会いたい。諒哉君と、そして永瀬さんに。


次の日。週に一度の定例会議で新たなイベントの依頼が入ったことが発表された。

「今回はアウトレット施設での移動動物園のイベントだ。近隣の動物園が協力して動物と飼育員を派遣し、一角に動物との触れ合い場を設ける。今回の収益は全国の貧窮している動物園へ寄付されるらしい」

「素敵な企画ですね」

「それを聞いたらやる気が出るな」

部長から説明を受けてみんなの士気が上がる。次に依頼に関する内容が記入された資料が配られた。

今回、メインで動くメンバーの中に自分の名前もある。

「ファミリー層や子供が中心になるだろう。それを考慮して選んだ。動物を扱うイベントだから大変だと思うが、よろしく頼む」

「はい」

新たな仕事が始まるこの瞬間が一番ワクワクする。開催は二ヵ月後の八月後半。暑さへの考慮もあり、大変だと思うけれどやるからには成功させたい。

それから選ばれたメンバーと部長で打ち合わせを行い、仕事の振り分けをされた。

私は動物の管理を任され、どんな触れ合いコーナーにするか早急に案を出すように言われた。

「今回の企画、楽しそうじゃない？」

「うん」

少し遅れて休憩に入ったものの、早く新しい企画を把握したくて近くのコンビニでパンやサラダなどを購入して戻ってきた。

そして珈琲を淹れていると、凛子もちょうど休憩に入ったようでカフェスペースにやって来た。

凛子は弁当持参で、そのままふたりで昼食をとることになった。

「私も担当している企画がなければなー。動物と楽しく触れ合いたかった」

「凛子、可愛い動物が好きだもんね」

「うん。だからプリンちゃんも大好きだよ。また今度、写真送ってね」

「了解」

お互いの仕事の進捗状況の話などをしていると、ふと、凛子が妙案だとばかりに言い出した。

「新しい仕事が始まったから、初恋の彼を一気に忘れられるんじゃない？」

「え？　あー……」

そういえば私、凛子にまだこの短期間の目まぐるしい出来事を話していなかった。

「なに？　その意味深な態度は。もしかしてなにかやらかしたの？」

「違うよ。ただ、その……私が思った展開と違って戸惑っているというか、嬉しいというか……」

「どういうこと？」

首を傾げる凛子に事の経緯を説明した。

「えぇー！　なにそれ！　胸熱展開じゃない!!　どうしよう、小説みたいで私がドキドキしているんだけど」

凛子は自分の胸に手を当てて興奮状態。

「じゃあ諦めなくていいし、甥《おい》っ子さんと仲良くなって、いい雰囲気じゃない。話を聞いている限り、理穂も気持ちが大きくなっている気がしたんだけど」

「……うん」

これは素直に認めざるを得ない。だって永瀬さんのことを知れば知るほど素敵な人で、むしろ好きにならないほうがおかしい。

「凛子、私……頑張ってみてもいいかな？」

「もちろんでしょ。諒哉君を預かっているこの一ヵ月がチャンスだ！　頑張れ、理穂」

「うん、頑張る！」

凛子に背中を押され、前向きな気持ちになれた。隣に住んでいるし、もっと親しい関係になれるチャンスはいっぱいあるはず。

「だけど意外な縁だね。まさか理穂の初恋の彼がうちの社長のお兄さんとか」

「私も最初に聞いた時はびっくりしたよ」

「でもさ、私は逆に縁を通り越して運命だと思えてきたんだけど」

たしかに初恋の人と思いがけないかたちで再会をして、さらに勤め先の社長の親族とか、まるで彼とは運命の赤い糸で結ばれているのでは？と乙女チックな考えになる。

「話ならいつでも聞くからね。応援してる」

「ありがとう、凛子」

その時、テーブルの上にあるスマホが鳴った。

「誰だろう」

送られてきたメッセージを確認した途端、目を疑う。

「どうしたの？　理穂」

私のただならぬ雰囲気に心配する彼女に、自分のスマホ画面を見せた。

「これ、夢じゃないよね？」

「え？　なに？　えっと……昨日はありがとうございました。諒哉が相庭さんと一緒に遊びに行きたいと言っており、ご迷惑でなければどこか一緒に出かけませんか？って、えっ!?　これって初恋の人からのメッセージだよね？」

私は何度も首を縦に振る。

「ちょっと理穂、もしかして脈ありなんじゃないの？」

「いやいや、違うよ。メッセージにも書いてある通り、諒哉君が言っているから誘ってくれたんだと思う。……それでも出かけられるのは嬉しい」

ポロッと本音を漏らすと、凜子はニヤニヤし出した。

「そうだよね、嬉しいよね。じゃあほら、早く返信しないと」

「うん」

凜子に言われてなんて送ろうか迷いながらも、シンプルに【こちらこそ昨日はありがとうございました。嬉しいです、ぜひご一緒させてください】と返信した。

するとすぐにまたメッセージが届いて緊張しながら文字を目で追っていく。

【ありがとうございます。諒哉が動物園に行きたいと言っているのですがどうでしょうか？】ときている。

「動物園……」

ちょうど今回の企画の参考になればと、近々動物園に行こうと考えていた。

「え？　動物園に誘われたの？　まさにタイムリーじゃない」

「うん、だからちょっとびっくりしちゃった」

もちろん了承し、詳しいことは後日ということでメッセージが終わった。そしてある問題に気づく。

「どうしよう、なに着て行けばいいかな？」

プリンの散歩に行った時は動きやすい恰好《かっこう》だった。でも今度は動物園でしょ？

「よし、今日頑張って早く仕事を終わりにして服を買いに行こう。付き合うよ」

「いいの？」

すごく助かるけれど、でも凛子が担当しているイベントの開催が二週間後に迫っていて、今が一番忙しい時なのに。

「当たり前でしょ。理穂の初恋、なんとしても実らせないと！」

本当に凛子はいつだって私のことを考えてくれる。まるで昔から知り合いだったように仲良くなれた凛子と出会えたことに感謝しかない。

「ありがとう」

「私と理穂の仲でしょ？　理穂にも私になにかあったら力になってもらうからね」

「もちろんだよ」

凛子に好きな人ができたら全力で応援するし、つらい時はそばで励ます。

休憩後、残業しないように集中して仕事に取り組み、仕事終わりに凛子に買い物に付き合ってもらった。

それから永瀬さんとやり取りをして、お互い休みだとわかった次の日曜日に動物園に出かけることになった。

私たちが行く動物園はペット同伴できるところだけれど、日曜日ということで人も多い。プリンも初めて見る大きな動物にびっくりするかもしれないため、今回はお留守番してもらうことにした。

「変じゃないかな？」

全身鏡の前でコーディネートを何度も確認してしまう。

凛子と一緒に選んだ、ボーダーシャツに動きやすいジョガーパンツ、スニーカーを合わせた。それと両手が使えるようにショルダーバッグも選んだ。

今回も動きやすさを重視したコーディネートだけれど、行き先は動物園で諒哉君も一緒だ。これがベストだろう。

髪もお団子にまとめて準備万端。本当はお弁当を作ろうかと思ったけれど、諒哉君に苦手な物やアレルギーがあるかもしれない。それなのに無理して作ったらかえって迷惑だと判断してすぐに諦めた。

戸締まりやプリンのご飯などを確認していると、インターホンが鳴った。

「ごめんね、プリン。行ってきます」

頭を撫でたら悲しげな瞳を向けて「くぅーん」と鳴くプリンに後ろ髪を引かれつつも、「行ってきます」と言ってリビングのドアを閉めた。

スニーカーを履き、玄関のドアを開けるとすぐに諒哉君が私に抱きついてきた。

「おはよー、りほちゃん！」

「おはよう、諒哉君」

そんな諒哉君を抱き上げて永瀬さんを見たところ、思わず目を疑う。

「え？　あれ、嘘……」

「偶然ですね」

彼もまた私を見て驚きを隠せない様子。すると私と永瀬さんを見て諒哉君は楽しそうに言った。

「りほちゃんとよーへーくん、おそろいだぁ」

「……本当だね」

永瀬さんの服装はボーダーシャツに、黒のチノパン姿。おまけにショルダーバッグをかけている。諒哉君の言う通りお揃いコーデだ。

意図していなかったとはいえ、お互い恥ずかしい。

「すみません、着替えてきます」

「え？」

踵を返して着替えに戻ろうとした彼を諒哉君が「えぇー」と言って引き止めた。

「どうして？　おそろいでいいのに」

「いや、しかし……」

「よーへーくんは、りほちゃんとおそろい、いやなの？」

「それは……」

純粋な目を向けられて、永瀬さんはタジタジになる。

「あの、永瀬さん。私は大丈夫ですから」

周りからは恋人に見られるだろう。恥ずかしいけれど、でもそれ以上にそれが嬉しくもある。

「いいんですか？」

私を気遣ってか、永瀬さんは本当に大丈夫なのかと心配そうに聞いてきた。

「はい。早く行きましょう」

「わかりました」

納得してくれたようでホッとした。

「あれ？　りほちゃん、プリンは？」

プリンが一緒にいないことに気づいた諒哉君は、不思議そうに聞いてきた。

「プリンは今日はお留守番なんだ」

「えぇー、どうして？　かわいそうだよ、プリン」

泣きそうな顔で訴えてきた諒哉君にどう説明しようかと考えていると、代わりに永瀬さんが説明してくれた。

「諒哉、これから行く動物園にはプリンより大きな動物がたくさんいるんだ。そういうところに行ったらプリンはどう思う？」

「……こわい？」

首を傾げながら答えた諒哉君の頭を、彼は優しく撫でた。

「そうだ、怖いだろう。だからプリンはお留守番させてやろう」

「うん、そうだね」

納得してくれたようで、永瀬さんとともに安堵した。

「それじゃ行こうか。諒哉、相庭さんが疲れるから歩こう」

「うん！」

そっと諒哉君を下ろすと、当たり前のように私の手を握り、愛らしい笑顔を向けるものだから可愛くてたまらない。

「りほちゃん、しゅっぱつするよ」

「うん、行こうね」

小さな紳士に手を引かれ、地下駐車場へと向かった。どうやら社長が諒哉君を預かるうえで外出の際に困らないようにと、永瀬さんにワンボックスカーを託していったそう。そのために、マンションの駐車場も確保していたようだ。

「パパのくるまだー」

永瀬さんにチャイルドシートに乗せてもらい、乗り慣れた車にリラックスモードの諒哉君は、私に向かって手招きをした。

「りほちゃん、となりどうぞ」

「あ、ありがとう」

でも後部座席に乗っていいのかな？　運転してくれる永瀬さんに悪くないだろうか。それが気になって乗れずにいると、気づいた彼が「諒哉が喜ぶので、隣に乗ってあげてください」と声をかけてくれた。

「すみません、ありがとうございます」

お言葉に甘えて諒哉君の隣に乗ると、永瀬さんはドアを閉めてくれた。

広々とした車内はシートもふわふわで柔らかく、乗り心地がよい。助手席に乗ると想像したら、緊張しそうだったから諒哉君に誘ってもらえて正直助かった。

「諒哉、動物のＤＶＤでいいのか？」

「うん！」

出発前に永瀬さんはＤＶＤを流した。動物の生態や面白い映像といった内容で、その都度諒哉君は私に「かわいいね」「すごいよ、りほちゃん！」と声をかけてくれた。

途中、永瀬さんも会話に入ってきて、諒哉君のおかげで動物園までの一時間半の道中、楽しい時間を過ごすことができた。

向かった動物園は、多くの種類の動物がいて、餌やり体験などたくさんのイベントが開催されていることでも有名だ。

到着したのは開園十五分前。すでに入場を待つ長い行列ができていて、私たちも急いで最後尾に並ぶ。

「すみません、私の分まで事前にチケットを購入していただいてしまい」

「これくらいさせてください」

とは言うものの、やっぱり申し訳ない気持ちでいっぱいになる。車内でこの話を聞き、チケット代を払うと言ったが受け取ってくれなかった。何度も言うものじゃないよね。その分、昼食は私が出そう。

開園時間となり、列が動き出す。

「ライオンさん！　キリンさん！　ゾウさん～！」

諒哉君は待ちきれないようで、身振り手振り喜びを爆発させる。それを見た後ろの家族連れから「可愛い」と聞こえてきて、心の中で激しく同意した。諒哉君は本当に可愛いと思う。

入園するとすぐに走り出しそうな諒哉君の手を、永瀬さんはしっかりと握った。

「諒哉、どこから行こうか」

「えっとね、えっと……ライオンさん！」

私はすぐにマップを見てライオンのエリアを探す。

「ライオンさんは、ここから近いですね、真っ直ぐ行って右側です」

「ありがとうございます。よし、じゃあ諒哉行くぞ」

そう言うと永瀬さんは諒哉君を抱っこして自分の肩に乗せた。

「たかーい！」

「これで動物がよく見えるだろ？」

「うん！　ありがと！　よーへーくん」

ふたりのやり取りに、ついこちらも笑みが零れる。

それから三人で諒哉君が絶対見たいと言っていたライオン、キリン、ゾウに会いに行き、その後は順路通りに見て回っていく。

途中で小動物との触れ合いコーナーを見つけ、思わず足が止まる。

「どうしました？」

突然立ち止まった私に気づき、彼も足を止めて聞いてきた。

「すみません、あそこに寄ってもいいですか？」

「もちろんです。諒哉も動物に触りたいよな？」

私が行きたい場所を見て永瀬さんが声をかけると、諒哉君は何度も首を縦に振った。

「さわりたい！　いこう！」

動物に触れると知って大興奮の諒哉君は、永瀬さんの頭をペシペシ叩いた。

「痛いぞ、諒哉」

永瀬さんの声は興奮状態の諒哉君には届いていない様子。目が合った彼は眉尻を下げた。

「興奮すると周りが見えなくなるところがあるんです。そこは弟にそっくりなんですよ」

「社長がですか？」

意外で聞き返せば、永瀬さんは話を続けた。

「ええ。ひとつのことをやり出したら、それに没頭するんです。それが好きなことならなおさら。まさに今の諒哉状態です」

「そうなんですね」

噂では社長は完璧で、欠点などないと聞いている。だけどそういう一面があったんだ。

兄弟である永瀬さんだからこそ知っている社長の姿に、興味を引かれる。

触れ合いコーナーには、うさぎやひよこ、モルモットなど小動物がたくさんいて、決まった短い時間、膝に乗せて触れ合うことができるようだ。

触れ合っていたら、自然と仕事のことで頭がいっぱいになる。

動物にもストレスがかかるし、イベントで触れ合える動物の専門家にどれくらいの時間なら大丈夫か、しっかりと確認する必要がある。

諒哉君が選んだのはうさぎ。それぞれの膝に乗せてもらい、飼育員に言われた注意事項をしっかり守り、諒哉君は大きな声を出さないで優しくうさぎの頭を撫でた。

すかさずその姿を永瀬さんは写真に収める。

「社長に写真を送るんですか？」

「はい。連日、諒哉は大丈夫かと心配しているので、こうして写真を送っています」

永瀬さんは面倒《めんどう》そうに言うが、どこか嬉しそう。きっと社長と仲が良いのだろう。

「そうだ、弟に関して他にも色々なエピソードがありますよ」

「え、それはすごく聞きたいです」

社長にどんな意外な一面があるのか知りたくて、彼の話に耳を傾けた。

「諒哉はこんなに動物が好きなのに、弟は苦手なんです」

そう言うと、なぜか永瀬さんはクスリと笑った。

「中でも犬が大の苦手で。その理由が小さい頃、大型犬に追いかけられたからなんです」

なんでもできて、完璧な社長が犬に追いかけられ、動物が苦手になるほどトラウマを負ったってこと？　あの社長が？

私が尊敬する社長のイメージとはかけ離れていて、申し訳ないけれど思わず笑ってしまった。

「アハハッ。社長にそんな一面があるなんて驚きです」

「そうでしょう」

私につられて、永瀬さんも表情を崩す。すると諒哉君が人差し指を立てた。

「ふたりとも、しずかにしないとだめでしょ？　うさぎさん、びっくりしちゃうよ？」

諒哉君に叱られ、私と永瀬さんは顔を見合わせて「ごめんね」「ごめんな、諒哉」とそれぞれ謝った。

「わかったらいいよ。シッ！　だからね」

小声で注意する諒哉君の愛らしさに、永瀬さんではないがカメラを向けたくなった。

それから規定の時間ギリギリまでうさぎと触れ合い、諒哉君は再び永瀬さんに肩車をされて、道順に沿って進んでいく。

ある程度見て回ったところで、諒哉君が「おなかすいた」と言い出した。

「そうだよな、もうお昼の時間だ。相庭さん、そろそろ昼食にしませんか？」

「はい、そうしましょう」

園内マップを見ると、三カ所ほど飲食店があった。諒哉君がおにぎりやポテトが食べたいということで、軽食を販売している売店へと向かった。

「いただきます！」

おにぎりとポテト、それとうどんなどを購入し、外にあるテーブル席に座る。

さっそく諒哉君はおにぎりを頬張り、次に小皿にのせてもらったうどんを啜る。お腹を空かしていた諒哉君は勢いよく食べ進めた。

「美味いか？　諒哉」

「うん！」

昼食も結局永瀬さんに押し切られて奢《おご》ってもらった。

「すみません、永瀬さん。ごちそうさまです」

「いいえ、とんでもありません。むしろ安いものですみません」

「全然ですよ、こういったところで食べるご飯って、格別に美味しいですから」

手を合わせて私もうどんを啜る。

「うん、美味しいね諒哉君」

「おいしいねー」

私たちを見て、永瀬さんもおにぎりやウインナーを食べた。

「たしかにテーマパークで食べるものって、どこにでも売っているようなものなのになぜか美味しく感じますね」

「そうですよね。それに子供の頃は楽しみでもありました」

幼い頃は両親に様々な場所に連れて行ってもらった。そのたびに兄と今みたいにお昼の時間に好きな物を買ってもらって食べていた。それがすごく美味しかったのを覚えている。

昔を思い出して懐かしい気持ちになる。

「俺もです。両親は外出するのが好きだったので、頻繁に連れ出してくれました」

「素敵なご両親ですね」

「……はい」

彼もまた昔を懐かしんでいるのか、切なげに瞳を揺らした。

「だから弟も諒哉を様々な場所に連れ出しているようです。……動物園以外で」

「ふふ。だから諒哉君、動物園に行きたいって言ったんですね」

「はい。諒哉はパパが動物が苦手だとわかっているから言えないんでしょう」

諒哉君、えらいな。ちゃんとパパのことを考えているんだ。

「でも、私も今日動物園に来られてよかったです。実は今度、仕事で移動動物園の企画を担当することになって、近々動物園に来ようと思っていたところだったんです」

「それはタイミングがよかったですね」

「はい。おかげで色々と勉強になりました。とくに触れ合いコーナーでの飼育員の方の様子や、動物への接し方、それに園内の展示方法も真似したいところがたくさんでしたし。グッズも展開しようと考えていて……と、すみません。一方的に話してしまって」

仕事の話など聞かされても困ると思ってすぐに謝るも、永瀬さんは「もっと聞かせてください」と言う。

「俺は知らない仕事の世界なので、とても興味深いです」

「本当ですか？」

「はい。それに相庭さんは本当に仕事が好きなんだと伝わってきます。仕事は楽しいですか？」

そんな風に言われて照れくさくなる。

「はい、楽しいです。ずっと企画の仕事をしたいと思っていたので、夢を叶えることができて毎日が充実しています」

「わかります。俺も今の仕事に就くことを目標にしていたので、充実した日々を送れています」

共感してくれたのが嬉しくて、その後も仕事に関して饒舌《じょうぜつ》になって。でも永瀬さんは嫌な顔をいっさい見せることなく話を聞いてくれた。

彼も仕事に対する気持ちは同じで、ところどころで共感してくれる。それがすごく嬉しかった。

「永瀬さんのお仕事は本当に大変ですよね」

「そうですね。人命がかかる任務が多いですから。でもその分、やりがいはあります。つらいですし、きつい仕事でもありますが、常に緊張感を持って仕事に就くのも好きなんです」

「ちょっとわかります、それ」

「本当ですか？」

楽な仕事に逃げたい時もあるけれど、でもつらければつらいほど終わった後の達成感は半端ない。一度味わってしまうと、またやり遂げたいって思うんだ。

それと同じですか？と聞くと、彼は「その通りです」と即答した。

仕事に対する思いが似ているということで、ますます永瀬さんの好感度が上がった。

「おなかいっぱい」

「よかったね、諒哉君。ごちそうさまでした」

私が先に言うと、すぐに諒哉君もハッとなって両手を合わせた。

「ごちそーさました！」

諒哉君に倣って私と彼も両手を合わせたところ、それを見ていた友達同士で来ていた女性四人に、「憧れの家族像じゃない？」「微笑ましい親子」「私も早く結婚して子供と動物園に来たい」などと言われた。

憧れの家族って私たち三人、他人の目にはそう見えているの？　でもたしかに休日に三人で来ていたら、家族と間違われても仕方がないのかもしれない。

とはいえ、私たちは本物の家族ではない。私はもちろん、永瀬さんの耳にも届いたようで気まずい空気が流れた。

「すみません、変な誤解をされて」

「いいえ、とんでもありません。私は光栄ですよ、ふたりと家族に間違われて」

嫌に思っていると勘違いされたくなくて言ったところ、永瀬さんは目を瞬かせた後、

「ふふっ」と笑った。

その姿が初めて彼の笑った顔を見た時と重なって、ドキッとなる。

「それならよかったです。……俺も光栄ですよ、家族に間違われて」

お返しとばかりに言われた言葉に、かあっと顔が熱くなった。

「えっと……そうですね」

「はい」

恥ずかしくなって俯いたら、永瀬さんはクスリと笑った。

彼は今、どんな気持ちでいるのだろう。照れくささと喜びを感じているのは私だけ？　それとも少しは永瀬さんも嬉しい気持ちを抱いている？　なんて、ね。彼に気持ちがないことはわかっている。バカげた想像はしないでおこう。

「そろそろ行きましょうか」

「そうですね」

永瀬さんが片づけてくれている間に、私は諒哉君と手を洗いに行った。その間に、冷静さを取り戻していった。

「よし、じゃあ諒哉行こうか」

永瀬さんは再び諒哉君を肩車して、園内を進んでいく。するとすれ違う家族連れを見て、諒哉君は思いがけないことを言い出した。

「ねぇ、どうしてりほちゃんとよーへーくんはてをつながないの？」

「……えっ!?」

驚きのあまり私も彼も足が止まる。

今、諒哉君なんて言った？　私と永瀬さんがなぜ手を繋がないのかって聞こえてきた気がするんだけど。

「みんなてをつないでいるよ」

せっかく収まったのに、また胸の高鳴りに襲われてなにも言えずにいると、諒哉君は再び聞いてきた。ちょうどすれ違った親子連れは、父親が女の子を抱っこして母親と手を繋いでいる。次にすれ違ったカップルもまたしっかりと手を繋いでいた。

「りほちゃんとよーへーくんもつなご？」

諒哉君はさも当たり前のように言うが、言われるがまま彼と手を繋げるわけがない。

「諒哉、手を繋ぐのは特別に仲が良い人とだけなんだ」

すかさず永瀬さんが言葉を選びながら説明してくれた。

「だから俺と相庭さんは繋がないよ」

わかりやすい説明だし、諒哉君も納得してくれただろうと思っていたが、不思議そうに首を傾げた。

「え？　りほちゃんとよーへーくん、なかよしでしょ？」

「いや、たしかに仲はいいが……」

「なんでつながないの？　……もしかしてなかよくないの？」

私と彼の仲が悪いと悲しいのか、今にも泣きそうな声で言う諒哉君にうろたえる。

どう言ったら諒哉君は理解できるだろう。恋人って言葉はまだ知らなそうだし。

頭を悩ませていると、永瀬さんは少し屈んで私の耳に口を寄せた。

「すみません、少し我慢してください」

小声で囁《ささや》かれてドキッとした次の瞬間、大きな手が私の手を優しく握った。

「あー！　てをつないでるー！」

いち早く発見した諒哉君は嬉しそうに言うが、私はプチパニック状態。

永瀬さんと私、手を繋いでいる？　いまだに状況が呑み込めない。

「あぁ、相庭さんと手を繋いだぞ」

「ふたりはなかよしだね」

「そうだ、仲良しだ」

すると再び彼は顔を近づけ、諒哉君に聞こえない声のボリュームで言った。

「不快でしょうが、諒哉がうるさいのでもうしばらく付き合ってください」

「不快だなんてっ……！」

嫌なわけがない。でも、それをはっきりと伝えたら私の気持ちがバレてしまいそうで、途中で〝嫌じゃありません、嬉しいです〟って言葉を呑み込んだ。

「わかりました。諒哉君が納得するまでこのままでいきましょう」

「ありがとうございます」

私の返事を聞き、手を繋いだまま歩を進めていく。

永瀬さんと手を繋げて嬉しいけれど、それと同じくらい緊張している。手汗をかきそうで怖い。

でもそれ以上に幸せって感情のほうが大きい。ただ手を繋いでいるだけなのに、なぜか彼との距離がグッと縮まった錯覚をするほどに。

だけど手を繋いで気づいてしまった。こんなにも幸せな気持ちになるのも、ドキドキするのも、一緒にいて心地よいのも、全部永瀬さんのことが好きだからだ。もう完全に好きになってしまった。

私、この恋を諦めたくない。初恋を実らせたい。……永瀬さんの彼女になりたい。

はっきりとした自分の想いに心が震えた。

近づいて、離れて、すれ違う心

仕事中、手帳に予定を書き込んでいると思わず手が止まり、握ったペンを見つめてしまう。

ライオンのキャラクターが付いたボールペンは先週、動物園で諒哉君と永瀬さんの三人お揃いで買ったものだ。

最後にお土産店を見たところ、諒哉君が三人でお揃いにしようと提案してきた。諒哉君がお絵描きをしたいというので、その流れでボールペンを購入することになったんだけれど、同じものをもしかしたらまさに今、彼も使っているのかと思うと顔がニヤけそうになる。

ボールペンを眺めながらニマニマしていると、急に背後から肩を叩かれた。

「理穂、顔！　今は仕事中」

肩を叩いて注意してきたのは、事情を知る凜子だった。

「話なら昼休みに聞いてあげるから、そのだらしない顔をやめなさい」

「……はい」

凛子に叱られる私を見て、近くにいた同僚に笑われてしまった。

そして迎えた昼休み。私と凛子は近くのパスタ専門店を訪れていた。そこでそれぞれミートソースと、たらこのパスタを注文した。

「動物園デートの話は聞いていたから、ボールペンを見るたびにニヤけたくなる理穂の気持ちはわかるけど、本当に気をつけたほうがいいよ。部長、変な目で理穂のことを見ていたから」

「嘘、本当？」

「本当」

凛子の言う通り、事情を知らない人から見ればボールペンを見てニヤつくなんて、変人だと思われてもおかしくない。

「気をつける」

「そうしなさい」

ちょうど注文した料理が運ばれてきて、出来立てをいただく。

「初恋の人とはあれからどうなの？」

「あれから一度だけ三人でプリンの散歩に行って、私の家で食事をしたよ」

「理穂がご飯を作ったの？」

「うん。簡単なオムライスだけど、ふたりとも喜んでくれたの」

つい先日の楽しいひと時を思い出すと、また顔がニヤけそうになって慌てて引き締めた。

「でも今のままじゃ、なんの進展も望めないよね。それに諒哉君は社長が戻ってきたら帰っちゃうし。そうなったら、永瀬さんと会う機会は減っちゃうし……」

今の幸せがずっと続けばと思うが、それは叶わない夢だ。諒哉君は大好きなご両親のもとに戻り、そうなれば永瀬さんと会う口実はなくなる。

隣に住んでいるのだし、会おうと思えば会えるだろう。でも諒哉君がいないなら一緒に食事をしたり、プリンの散歩に行ったりすることはできなくなる。

「短期決戦に持ち込まないといけないわけだ」

「たしかに短期決戦だね。でも、そうは言っても永瀬さんは私に特別な感情は抱いていないと思う。それなのにいきなり告白されても迷惑だよね」

私の話を聞き、凛子は目を丸くさせた。

「え！　理穂ってばもう告白することまで考えているの？」

「うん、だって言わないと一生私の気持ちは永瀬さんに伝わらないでしょ？」

もちろん告白するには勇気が必要だ。緊張するし、彼の答えを想像するだけで怖い。でもそれ以上に私、永瀬さんのことを諦めたくない。

あんなに素敵で彼以上に好きになれる人と、この先出会えない気がするから。

私の答えが意外だったようで、凜子は「びっくり」と漏らした。

「理穂は恋すると、積極的になるタイプなのね」

「そういうわけじゃないけど……。ただ、永瀬さんに好きになってもらいたいって気持ちが大きいんだと思う」

もっと仲良くなりたいし、彼に近づきたい。諒哉君に向けるような笑顔を向けてほしいし、ずっと一緒にいたい。好きだと自覚してから、叶えたいことが増えている。

「そうだよね、好きな人に自分と同じ気持ちになってほしいよね。既婚者じゃないし、恋人もいないならなんの問題もない。どんどんアピールしないとね」

ふと凜子の口から出た〝恋人〟の言葉に引っかかる。

そういえば私、彼に恋人がいる可能性を考えられていなかった。その事実にサッと血の気が引く。

「どうしたの？　理穂」

不思議に思って声をかけてきた凜子に、泣きそうな声で言った。

「凛子……永瀬さんに恋人がいる可能性を考えていなかった」

すると彼女は、うーんと声を唸《うな》らせた。

「どうなんだろう、恋人がいたら理穂と会うかな？」

「もとはといえば、諒哉君のために会っていただけの関係だよ」

諒哉君がプリンに会いたいと言ったことから、私たちの交流が始まった。諒哉君がいなかったら、隣に住んでいるというだけで、接点など生まれなかっただろう。

「なんか本当に永瀬さんに彼女がいる気がしてきた」

だって彼はとても素敵な人だ。むしろ恋人がいないほうがおかしい。

「気になるなら、難しいかもしれないけど、大事なことだしさり気なく聞いてみたら？　それか諒哉君に聞いてみるとか」

「うん、そうしてみる」

もし彼女がいるなら、諒哉君が一緒とはいえ、家で頻繁に会うのはよくない。私が彼女の立場だったら嫌だもの。

それから凛子と会社に戻って午後の勤務に就くも、永瀬さんのことが気になって仕方がなかった。

その日の夜、永瀬さんから諒哉君がプリンと会いたがっているというメッセージが届いた。

なんでも社長があと一週間ほどで帰国するので、できればプリンとの思い出を作ってあげたいというものだった。

そこで永瀬さんから、少し遠出してペット同伴ができる、広いドッグランがある公園へ行かないかと誘われた。

「どうしよう」

昼休みから永瀬さんに恋人がいるか気になって仕方がなかった。でもまだいると決まったわけではないし、メッセージ通り彼は諒哉君に思い出を作ってあげたいだけ。

それなら断るほうが不自然だし、諒哉君だって悲しむだろう。それに、恋人がいるのか聞くのにいい機会なのかも。思いがけず聞くチャンスがあるかもしれない。

そう思った私はメッセージに返信すると、すぐに【ありがとうございます、諒哉も喜びます】と届いた。

「わん！」

いつの間にプリンが私の足元に来ていて、そっと抱き上げた。

「プリン、今度の休みに大きな公園に行くよ」

「わん、わん！」

まるで私の話を理解しているように吠えたプリンに頬が緩む。

「諒哉君と会えるのは、もしかしたら今度が最後かもしれないね」

あと一週間くらいで社長が戻ってくるから、その可能性が高い。永瀬さんとだって出かけるのは最後になるかも。

だったら思いっきり楽しんでこよう。そう心に決めて、明日も仕事のため早めにベッドに入った。


そして迎えた休日。梅雨時期で心配だったが、朝から快晴だ。

九時にマンションを出発し、車内ではプリンと一緒に出かけられるのが嬉しいようで、諒哉君が何度もプリンに話しかけていた。

父がプリンと遠出するためにペットシートを購入した。座席に固定することができるもので、諒哉君の隣にのせたところ、プリンも嬉しいのか何度も「わん!」と吠えている。

ふたりのやり取りに微笑ましい気持ちになる一方で、運転する彼が至近距離にいるという状況に緊張していた。

「晴れてよかったですね」

「はい」

こうやって彼が話を振ってくれるものの、なかなか会話が続かない。だって運転する永瀬さんの横顔は見惚れるほど。

それに今日の永瀬さんは、Tシャツにジャケットを羽織ったカジュアルな服装。でもそれがまたかっこいい。

そんな人が隣にいるんだもの、ドキドキして言葉が続かなくなるのも当然だ。

きっと公園では女性の視線を多く集めるはず。

そう思うと、少し面白くない。片想いしている子はみんな同じ感情を抱いているのかもしれないと思うと、誰かと語り合いたい衝動にかられる。

だから学生時代、片想いしていた友達はみんな恋バナで盛り上がっていたんだと今なら理解できるよ。

後部座席で諒哉君とプリンが賑やかに過ごしてくれたおかげで気まずい空気は流れず、無事に目的地に到着した。

休日ということもあって、多くの家族やペット連れで賑わっていた。

「プリン、はしったらめ!だよ。まいごになっちゃうからね」

この前の動物園で永瀬さんに言われたことをそのままプリンに言う諒哉君に、笑いそうになる。

「ぼくからはなれたらだめね」

まるでお兄ちゃんのような口ぶりに、永瀬さんも口元を手で覆っていた。どうやら笑いをこらえている様子。少しして彼は咳払いをして、平静を装った。

「諒哉、さっそくドッグランに行くか？ それともアスレチックで遊ぶ？」

「プリンとあそべるところ！」

どうやら今日の諒哉君の目的は、プリンと遊ぶことだけらしい。それほどプリンのことを好きになってくれて嬉しいな。

「じゃあ諒哉君、プリンのリードをしっかり握っていてね」

「うん、まかせて！」

諒哉君にリードを引かれて歩き出したプリンも、すれ違う犬や芝生の香りに嬉しくて興奮し始めた。

プリンが急に走り出さないか心配になった時、すぐさま永瀬さんが諒哉君と一緒にプリンのリードを握ってくれた。

「プリン、こっちだよー！」

「わん！」

ドッグランに着くと、さっそく永瀬さんが買ってくれたボールを使って、諒哉君とプリンは楽しそうに遊び始めた。

「すみません、ボール買っていただいて」

「いいえ。諒哉が選んだボール、プリンも気に入ってくれたようでよかったです」

私と永瀬さんも一緒にみんなで遊ぼうと提案したところ、諒哉君からだめ出しされてしまった。どうしてもプリンとふたりで遊びたいらしい。

だから私と彼は少し離れた場所で遊ぶ諒哉君たちを見守っていた。狭い空間の車内と違って外だからか、先ほどよりは緊張しないものの、やはり予想通り永瀬さんは女性から注目を集めていて、隣に立つ私は居心地が悪い。

しかし彼は注目されることに慣れているのか、いっさい気にならない様子で話を続けた。

「そうだ、お昼ですが弁当を作ってきたのでよかったら食べてくれませんか？　諒哉が今朝食べたいって言うので簡単なものですが」

「すみません、私なにも用意しなくて」

「気にしないでください。諒哉が言ったから作っただけですから。それに昔から料理はやっていたので好きなんですよ、とくに弁当作りが」

そう言うと永瀬さんはその理由を話してくれた。

「父は癌が見つかって闘病した末に俺が幼い頃に亡くなりました。それから女手ひとつで俺と弟を母が育ててくれたんです」

「そうだったんですね……」

私の両親は離れて暮らしているものの、健在だ。でも大人になった今でも、この先両親が亡くなったら……と考えただけで泣きそうになる。

それなのに永瀬さんは、幼い頃に父親を亡くされていたんだ。

「朝早くから遅くまで働く母を助けたくて料理を始めたところ楽しくて、弟と母の弁当も俺が作るようになりました」

「きっとお母様も社長も喜んだでしょうね」

「どうでしょう。でも作って渡すといつも笑顔でありがとう、帰ってきたら美味しかったと言ってくれたのが嬉しくて」

そう話す永瀬さんの表情は柔らかくて、家族の仲の良さが窺える。

「社会人になって家を出るまで家族の弁当は俺が作っていました。だから諒哉に言われて昔のことを思い出して。……すみません、こんな話を急に聞かされても困りますよね」

「いいえ、そんなことないです。永瀬さんの話、もっと聞きたいです」

私は彼のことをほとんど知らないから。その思いで言うと、永瀬さんは少し目を見開いたが、わずかに頬を緩めて「ありがとうございます」と囁いた。

「俺が消防士になるきっかけは、父でした。真面目で人命第一の人で。家族よりも仕事を優先する人でしたが、俺はそんな父を尊敬していたんです。父のようになりたくて消防士を目指しました」

また新しい彼の一面を知ることができて、胸が熱くなる。

「もちろん大変なことも多いですが、助けた分だけ〝ありがとう〟が返ってくる仕事に誇りを持っています。だから相庭さんに何度もお礼を言われて嬉しかったですし、励みになりました」

優しい眼差《まなざ》しを向けられ、胸がトクンと鳴る。

「それに勇敢に子供を助けようとした相庭さんをすごいと思いました。なかなかできることじゃないですよ」

「いいえ、そんな。……でも私の軽率な行動のせいで迷惑をかけましたし」

あの日のことを思い出すと、申し訳ない気持ちでいっぱいになる。しかし彼は首を横に振った。

「あの時、相庭さんが助けてくれたから女の子も安心したでしょう。きっとひとりだったら心細くて、なにより煙を多く吸って危ない状態に陥っていたかもしれません。勇気ある行動でした」

「永瀬さん……」

どうしよう、嬉しくて泣きそう。好きな人に褒められたから余計に嬉しいよ。

「もちろん今後は控えていただきたいですが」

「……はい」

素直に返事をすれば、彼はクスリと笑った。

「でも相庭さんがどんな状況にいても、俺が必ず救ってみせます」

「えっ？」

意味深な言葉にびっくりして彼を見ると、真剣な瞳を私に向けていた。

「なにかあったら、遠慮なく頼ってください。普通の男よりは普段から鍛えているので、助けになれると思います」

なに、それ。どうして永瀬さんは私が勘違いしそうになることを言うの？　だってこれじゃまるで彼にとって私は、特別な存在みたいじゃない？

「あ……ありがとう、ございます」

胸を苦しくさせながらも言うと、永瀬さんは「いつでも連絡ください」と言うから痛いほど鼓動を感じる。

「よーへーくん、りほちゃん、いっしょにあそぼー」

プリンと遊ぶことに満足したのか、諒哉君が私たちに向かって手招きをした。

「どうやら一緒に遊ぶお許しが出たようですね。行きましょうか」

「はい」

諒哉君が呼んでくれて助かった。あのタイミングで声をかけてくれなかったら、なにも言えなくて永瀬さんに変に思われていただろう。

「よし、行くぞ」

「いつでもいいよー」

永瀬さんが投げたボールを、諒哉君とプリンは競走して取りに行く。その微笑ましい様子を見つめながら、彼に対する思いは大きくなるばかり。

こんなに好きにさせられて彼女がいたら、どうしたらいいんだろう。その答えは当然出るはずもなく、私も諒哉君にボールを投げてと頼まれ一緒に遊んだ。

「おいしいー！　よーへーくん、すごくおいしいよ」

「諒哉も手伝ってくれたからな」

あれから一時間ほど遊んだ後、諒哉君がお腹が空いたと言ったタイミングで永瀬さん手作りのお弁当をご馳走になった。

玉子焼きに唐揚げ、ウインナーに肉巻きベーコンと、お弁当の定番料理がたくさん詰まっていた。

どれも諒哉君のリクエストらしく、おにぎりは私の分も諒哉君が握ってくれたそう。

「りほちゃんみたいにじょうずじゃないけどね、ぼく、がんばったんだ」

「上手に握れているし、美味しいよ。ありがとう、諒哉君」

ツナ味のおにぎりはちょっぴり不格好だけれど、諒哉君が一生懸命握ってくれたのが伝わってきて美味しさも倍増だ。

「ほんとう？　よかった」

私の話を聞いて喜んだ諒哉君は、永瀬さんにもおにぎりをすすめた。

「どーぞ」

「ありがとう、諒哉」

楽しくて幸せなこの時間が永遠に続いてほしいと願う中、永瀬さんのスマホが鳴った。仕事の電話だと思ったのか、彼は表情を引き締めて相手を確認した。

しかしどうやら仕事関係ではなかったようで、驚いた顔でスマホ画面を眺めている。

「永瀬さん、電話大丈夫ですか？」

いつまでも通話に出ない彼が心配になって声をかけると、「すみません」と言って立ち上がった。

「電話出てきます」

「はい、わかりました」

少し離れたところで電話に出たが、永瀬さんの声が耳に届いた。

「どうしたんだ、有希《ゆき》」

彼の口から出た女性の名前に耳を疑う。

今、『有希』って言ったよね？　思わず通話中の彼を見る。

「あぁ、今日は休み。……そう、諒哉と公園に来ているんだ」

親しげな話し方に、仲の良さが窺える。諒哉君の名前も出たってことは、もしかして諒哉君も知っている人？

気になってチラチラと彼の様子を窺ってしまう。するとなにやら込み入った話のようで、永瀬さんはさらに私たちと距離を取ったから聞こえなくなった。

「りほちゃん、たこさんウインナーだよ」

「あ、うん。本当だ。ありがとう、いただきます」

可愛いうさぎのピックに刺して渡され、私はすぐに食べた。だけどずっと彼の口から出た有希さんのことが気になって仕方がない。

呼び捨てで呼んでいたくらいだもの、親密な関係なのかもしれない。……もしかして彼女？

そんな不安に襲われる中、諒哉君が通話中の永瀬さんを見て口を開いた。

「おでんわ、ゆきちゃんかなぁ？」

「諒哉君、有希さんのことを知っているの？」

びっくりして聞き返すと、笑顔で大きく頷いた。

「うん、しってるよー」

やっぱり諒哉君とも知り合いだったんだ。それじゃ本当に永瀬さんの彼女？　ううん、まだそうと決まったわけじゃない。

「あのねー、ゆきちゃんはおうちにもくるし、ばあばともなかよしだけど、よーへーくんのほうが、もっとずっとなかよしなの」

「……ずっと？」

手を大きく広げて説明してくれた諒哉君に聞き返すと、さらに詳しく話してくれた。

「ゆきちゃん、よーへーくんのことだいすきっていってた！」

「大好き……」

もう本人に聞かなくてもわかってしまった。家にも来ているようだし、彼の母親とも仲が良さそう。間違いなく永瀬さんには彼女がいるんだ。ついさっきまで幸せな時間を過ごしていたことが夢のよう。

でも予想していたじゃない。あんなに素敵な人だもの、彼女がいないほうがおかしいって。私に優しくしてくれたのは、ただ単に諒哉君が懐いてくれたからだ。深い意味なんてなかったんだ。それなのに……。

頭では理解しているのに、心が追いついてこない。そう簡単に永瀬さんに彼女がいる現実を受け入れられないよ。

「どーしたの？　りほちゃん」

なにも言わない私を心配そうに見つめてくる諒哉君に、慌てて笑顔を取り繕った。

「ううん、なんでもないよ。教えてくれてありがとう」

「どーいたしまして！」

安心した諒哉君は笑顔で答えて、残りのおにぎりを頬張った。

もしかしたら今日で諒哉君と会えるのは最後になるかもしれないんだ。それなのに暗い顔をしていたらだめ。あと少しだけ頑張らないと。

そう自分に言い聞かせ、諒哉君と話をしながら残りのお弁当を食べ進めていく。少しして永瀬さんが戻ってきた。

「すみません、お待たせしました」

彼が戻ってきてドキッとしたものの、平静を装う。

「いいえ、お弁当を美味しくいただいていました。お腹がいっぱいです。ね、諒哉君」

「うん！　ぼく、もうたべられない」

自分のお腹を擦ってお腹いっぱいアピールする諒哉君に、ショックを受けた直後だが笑みが零れる。

「よし、少し休んだらアスレチック行ってみるか」

「えぇー、プリンは？」

「プリンも休憩させてやらないと」

彼の言う通り、諒哉君と遊んで疲れてしまったようでプリンは木陰で眠っていた。

「そうだね。諒哉君、プリン疲れちゃったみたい」

私に言われてプリンを見ると、諒哉君は納得してくれた様子。

「わかった。じゃあよーへーくん、いっしょにあそぼ」

「あぁ」

その後私はプリンと荷物番をして、諒哉君と永瀬さんが楽しそうにアスレチックで遊ぶ姿を眺めていた。

本当にまるで本物の親子のように仲睦まじい。こうしてふたりが遊ぶ姿を見るのも今日限りになるかもしれないと思ったら寂しくなる。

それと同時にしっかりと目に焼き付けようと思った。

それから一時間ほど遊び、私たちは帰途に就いた。諒哉君は疲れているはずなのに、隣にプリンが乗っているのが嬉しいようでマンションに着くまでずっと起きていた。

そのおかげで私は永瀬さんとふたりっきりで話すことはなく、ホッとした。

マンションに着き、玄関のドアの前で一度立ち止まる。

「今日はありがとうございました」

「こちらこそ付き合ってくださり、ありがとうございました」

私と永瀬さんが挨拶を交わすと、彼に抱っこされている諒哉君も私とプリンに向かって手を振った。

「りほちゃん、プリン。またねー!」

諒哉君の何気ない言葉にズキッと胸が痛む。もしかしたら〝またね〟はないかもしれないから。

でも諒哉君を不安にさせないように、私も笑顔でプリンとともに手を振った。

「うん、諒哉君またね」

最後に彼は一礼して部屋に入っていった。それを見届けて私もプリンとともに部屋に入る。ふらふらした足取りでリビングに向かい、そのままプリンとともにソファに腰を下ろした。

「プリン……」

心配そうに私を見つめるプリンの頭を撫でる。するとプリンは切なげに「くぅーん」と鳴いた。

まるで私に寄り添うように擦り寄ってきたプリンに、目頭が熱くなる。

「プリン～！」

そのままプリンを抱きしめたら、一気に涙が溢れ出した。

永瀬さんに彼女がいたらどうするのか、その時になってみないとわからないと思っていた。でも実際に彼の口から女性の名前を聞いたら、ふたりが一緒にいるところを見たわけでもないのに、永瀬さんに彼女がいるっていう事実がリアルに襲ってきた。

諒哉君が言っていたもの。有希さんは永瀬さんの彼女なのだろう。

「私、諦めなくちゃいけないよね」

答えは返ってこないとわかっていても、プリンに聞かずにはいられなかった。

「永瀬さんの幸せを壊してまで、自分の気持ちを押し付けたくないもの」

それに私が気持ちを伝えたところで、彼を困らせるだけ。それなら言わないほうがいい。

でもそう簡単に諦められる自信がないよ。だからすぐに諦めなくてもいいかな？　自然と気持ちが消えるまで、好きでいてもいい？

どうしたらいいのかわからず、ますます涙は溢れるばかり。プリンは私が泣き止《や》むまで、ずっと抱きしめさせてくれていた。

これでよかったはず

次の日の朝、鏡で自分の顔を見て苦笑いした。

「ひどい顔」

昨夜ずっと泣いたせいで目が腫れている。これでは誰がどう見たって泣いたとバレてしまう。

プリンの散歩を済ませて朝食を食べた後に、どうにかメイクで隠せないかと苦戦していると、時間はあっという間に過ぎていく。

「嘘、もうこんな時間⁉」

やっと目の腫れは隠せたものの、遅刻しそうで焦る。

「プリン、行ってくるね」

頭を撫でると、昨日から私の様子がおかしいと気づいているのか、心配そうに玄関まで後を追ってきた。そんなプリンとなかなか離れられず、時間ギリギリで慌ただしく家を出て会社へと急いだ。

この日、イベント開催日で凛子には会えなかった。昨日の今日で話を聞いてほしかったけれど、大事なイベント初日で、三日間開催される。その間はさすがに話を聞いてもらうわけにはいかない。

頑張ってねと凛子にメッセージを送り、私も仕事に取りかかる。ちょうど移動動物園のイベントを控えている時でよかったのかもしれない。

「相庭、ちょっといいか？」

「はい」

さっそく部長に呼ばれ、打ち合わせ前に指示された業務を進めていった。

この日、会社を出たのは定時を二時間過ぎてからだった。週明けからの残業はなかなかきつい。一週間はまだ始まったばかりなのに……。

プリンとの散歩に備えてなにか買って帰ろうと思い、商店街に立ち寄った。そこでお惣菜を購入し、マンションへと戻る。

そしてマンションの玄関が見えてきた時、見覚えのある男性の姿が目に入って急いで電柱の陰に隠れた。

今の、永瀬さんだよね？

見間違いかと思ってそっと覗くと、やっぱり彼だった。そして永瀬さんに抱っこされているのは諒哉君で、ふたりは誰かと話していた。

「ゆきちゃん、かえっちゃうの？」

「うん、明日も仕事だしね。諒哉君、今日は一緒に遊んでくれてありがとう。楽しかったよ」

諒哉君の口から出た名前と会話の内容で、永瀬さんの彼女が訪れていて、三人で楽しい時間を過ごしていたとわかった。

「有希、今日はありがとうな」

「ううん、こっちこそ。でも陽平、あまり無理はしないようにね」

「あぁ、わかってる」

三人に気づかれる前に隠れることができてよかった一方で、隠れるなら会話の内容が聞こえない距離がよかったと思う。

電柱からそっと三人の様子を窺う。有希さんは、私より十センチほど高い身長で、黒のロングヘア。永瀬さんと諒哉君を見る目は優しくて、いい人そう。こうやってふたりが並んでいるとお似合いだ。

実際に目の当たりにしたら、いよいよ諦めなくてはいけないという気持ちになる。

「それじゃ、また」

「気をつけて帰れよ」

「またね、ゆきちゃん」

ふたりに見送られ、有希さんは反対側の道から帰っていった。

「よし、諒哉。風呂に入って寝るか」

「そだね。……りほちゃん、まだおしごとかなぁ」

寂しげに諒哉君の口から私の名前が出て、ドキッとなる。

「そうかもしれないな。新しい仕事が始まったって言っていたし」

「あいたかったなぁ」

「今度また会えるさ」

落ち込む諒哉君を慰めながら、永瀬さんはマンションの中に入っていった。完全にふたりの姿が見えなくなったところで、深いため息が零れる。

「諒哉君……」

永瀬さんに有希さんという彼女がいると知った以上、彼に会うのは控えたい。そうしなければ、もっと好きになってしまうもの。

でもそれは私の勝手な都合で諒哉君には関係ない。急に会わなくなったら、悲しませてしまうよね。私から、プリンにいつでも会いに来てもいいよって言ったのに。

「ごめんね、諒哉君」

それでもやっぱりしばらくは永瀬さんに会いたくない。……ううん、会えないよ。会ったら胸が苦しくなって泣きそうだから。

ふたりがマンションに入ってしばらくしてから私も部屋へと戻った。

週の半ばに彼から諒哉君が私とプリンに会いたがっているから、夜だけでも散歩を一緒にさせてくれないかとメッセージが届いた。しかし、仕事で遅くなることを理由に断った。

それと今はちょうど忙しい時で、しばらく会えそうにないとも。それに対して彼は【無理しないでください】と優しい言葉をかけてくれた。

たった一言のメッセージ文に涙が溢れそうになった。まだ出会って間もないのに、相当私は永瀬さんに惹かれている。

彼のことは諦めよう、忘れようって思っても気持ちを消すことができないんだ。好きでいたっていいことなんてなにもないのに。

でも、そう簡単に忘れることは不可能なのかも。だって彼は初恋の人で、これまで出会ったどの人より素敵で優しくて、かっこよくて。この先、永瀬さん以上の人と出会えないのでは？って思うくらいで。

だったらいっそのこと、忘れないで好きでいてもいいかな。永瀬さんには迷惑をかけないように、密《ひそ》かに想い続けていけばいい。

彼への想いを抱えたままひとりで生きていくのもアリかもしれない。なんてことまで考え始めた金曜日の夜。

この日も少し残業をして会社を後にした。とてもじゃないがご飯を作る気になれず、プリンの散歩の帰りにコンビニでなにか買おうと考えながら家に着くと、玄関先には革靴があった。

「まさか……」

嫌な予感がして急いでリビングに入ると、すぐに食欲をそそられるいい匂いが鼻を掠《かす》める。

「お、やっと帰ってきたな。おかえり、理穂」

ジャケットを脱いでワイシャツの袖を捲り、自前のエプロンを着けてキッチンに立っていたのは兄だった。そうだった、両親から兄に私の家の合鍵が渡っていたんだった。

「来るなら連絡をくれたらよかったのに」

「仕事中に悪いと思ったから。それにサプライズで俺がいて嬉しいだろ？」

他人が聞いたら冗談に聞こえるが、兄は本気で言っているから笑えない。

「やっと大きな事件に決着がついたんだ。悪かったな、引っ越してすぐに来てやれなくて。待ってろ、今、美味いものを食わせてやるからな」

「ううん、私なら平気だけど……。ずっと大変だったのに、家で休まなくていいの？」

兄は事件を追いかけている間は家に帰るのは少ないらしい。それがやっと解決して家に帰れるのに、うちにいて大丈夫かと心配になる。

そんな思いで言うと、兄は急に料理する手を止めてキッチンから出てきた。

「え！　な、なに？」

一直線に私のところまで来ると、目を赤くさせた。

「理穂が俺の心配をしてくれてる……！　ありがとうな、理穂。頑張った甲斐があった。これでまた明日からしばらくは生きていける！」

「そんな大げさな……」

泣き出した兄に苦笑いしてしまう。

本当に兄はとんでもないシスコンだ。もちろん大切にしてくれているとわかっているし、刑事としての兄を尊敬もしている。

だがしかし、大人になった今もあまりに過保護で困っていた。私も社会人となり、こうしてひとり暮らしをして自立しているのだから、もう妹離れしてほしいところ。

「兄妹なんだから心配するのは当然でしょ？　だから泣かないでよ」

「当然……！　理穂が俺を慰めてくれているっ」

兄の泣くスイッチは幼い頃からずっと謎だ。昔からこうして私の言動にいちいち反応して泣いている。

「私も料理手伝うから早く作って食べよう。お腹空いちゃった」

私がそう言うと兄は涙を拭った。

「そうだな、久しぶりに一緒に作ろう」

着替えを済ませて兄とともにキッチンに立ち、簡単な作業をお手伝いする。それが兄にとってはたまらなく幸せなようで、また泣きそうになっていた。

涙脆《もろ》いシスコンの兄だが、刑事としての兄はガラリと印象が変わるそう。なんでも署内では冷徹警視などと呼ばれているとか。

目の前でだらしない顔をしている兄からは想像もつかない。

兄が作ってくれたのは私の好物ばかり。

「お兄ちゃんのご飯、久しぶりに食べられて嬉しい」

「それはよかった。いっぱい食べてくれ。そうだ、常備菜やおかずを作り置きしておいたから、疲れた日は解凍して食べるといい」

「ありがとう」

兄じゃなくて、もはやもう母親だ。

片づけを済ませ、十九時半過ぎに兄とふたりでプリンの散歩に出た。

プリンは兄と会うのが久しぶりで最初は警戒していたけれど、少し経てば思い出したようで、兄にリードを引いてもらってご満悦の様子。

「ひとり暮らしはどうだ？　慣れたか？」

「うん、どうにか。でも、親のありがたみをすごく感じるよ」

正直な気持ちを打ち明けると、兄は笑いながら続けた。

「そうか、理穂もか。俺もひとり暮らしを始めたばかりの頃は、同じことを何度も思ったよ。離れて暮らしてみないとわからないよな」

「うん」

一緒に暮らしていた時は当たり前すぎて、どれほど両親に支えられていたのか知ることができなかった。

「今度、会った時にふたりで親孝行でもしてやるか」

「いいね、それ」

旅行のプレゼントや美味しいレストランに招待するのはどうかなど、ふたりでどんな親孝行をしようかと話は尽きない。

そろそろプリンも疲れてきた様子で、マンションに戻ろうとなった時。

「そういえば理穂、家の中には男の影はなかったが、俺の目が届かないところで変な男に捕まってなどいないよな？」

「……え？」

なんの前触れもなく聞かれた話に、一瞬フリーズしてしまう。それを私に男の影があると勘違いした兄が、鋭い目を向けた。

「どこの男だ！　俺が事件で忙しい時に理穂を誑《たぶら》かしたのは！　よし、プリン！　今からその男のところに乗り込むぞ！」

「わんっ！」

急に暴走し始めた兄を見て我に返った私は、慌てて口を開いた。

「いないよ、そんな人！」

「じゃあなぜすぐ言えなかった!?」

「それはお兄ちゃんが急に変なことを言い出すからでしょ？」

「変なことではないだろう。こっちは気を遣って自然な流れで聞いたというのに」

「どこがよ！」

思わず突っ込んだところで、ここは夜の公園近くの歩道だと思い出した。まだ夜の早い時間ということで、数人の通行人に白い目で見られている。

「とにかく家に帰ろう。帰ったらちゃんと話すから」

「ちゃんと!? ちゃんとってことは、やっぱり男がいるのか!?」

「いいから帰るよ！」

ギャーギャー騒ぐ兄を引っ張って、家路へと急ぐ。

本当に兄が冷徹警視と呼ばれていることが信じられない。

私に引っ張られている兄を見たら余計に。でもこんな兄だからこそ、下手に嘘をついてバレた時が大変だ。それに今は隠し通せたとしても、兄の観察力は鋭い。私の些《さ》細《さい》な変化にもすぐ気づく。

だから隠すより伝えたほうが後々苦労しなくて済む。そう判断した私は帰宅後、相手のことは触れずについ最近好きな人ができたが、相手に恋人がいて諦めることにしたと告げた。話を聞いた兄は身体を震わせた。

「理穂の良さに気づかないとは、なんて愚かな男なんだ！　理穂！　男の居場所を教えろ。俺が理穂の魅力を伝えてくる」

「えっ!? なにを言って……」

私はこの話をすれば、「理穂にはまだ恋愛は早すぎたんだ」と言って上機嫌になると思っていたから、意外な反応で驚きを隠せない。

「初めて好きになった男なんだろ？　それなのに、理穂のすべてを知らないなんて悔しいだろう。理穂の良さを知れば、絶対に彼女より理穂のことを好きになるはずだ！」

「お兄ちゃん……」

昔からさんざん私の恋路を邪魔してきたのに、初恋だから自分のことのように悔しがっているの？

「それで相手が私に乗り換えても、お兄ちゃんは許してくれるの？」

「なっ……！　それはっ……」

複雑なようで本気で頭を抱える兄に、我慢できず声を上げて笑ってしまった。

「アハハッ。もう、そこで悩まないでよ。協力してくれるなら許してくれるんじゃないの？」

「いや、そう簡単に心変わりする男は信用できないだろ？」

「お兄ちゃんそれ、かなり言っていることが矛盾しているからね？」

「うっ……」

なにも言えないようで口を閉ざした兄は、プリンに救いの手を伸ばした。兄に抱きしめられて困惑気味なプリン。

ずっと落ち込んでいたけれど、兄のおかげで元気が出たよ。ちょっと……いや、かなり面倒なところもあるが、こうして常に私の幸せを願ってくれる家族がいる。それがどれほど心強いか。

それに離れて暮らしているが両親やプリン、凛子だっている。だったら永瀬さんへの想いを抱えて、ひとりで生きていったっていいじゃない。

「ありがとう、お兄ちゃん。おかげで前に進めそう」

忘れられないのなら無理をしなくていい。自分の気持ちを大切にしていきたい。もちろん彼には迷惑をかけず、幸せを願いながら。兄のおかげで吹っ切れたよ。

私の話を聞き、兄はプリンを抱っこしたまま一気に私との距離を縮めた。

「その男のことがどうでもよくなったならよかった！　大丈夫！　理穂の魅力をわかってくれる男は世の中にたくさんいるはずだ！」

どうやら兄は、私が永瀬さんを忘れて前に進もうとしていると勘違いしたようだ。でもここで否定すれば、さっきの様子に戻りかねない。

だったら肯定も否定もしないで黙っておこう。

「よし！　久しぶりに兄ちゃんと一緒に寝ようか」

「なに言ってるの？　そもそも泊まるつもりだったの？」

「いやいや、泊まるに決まってるだろう。久しぶりに兄妹水入らずで語り明かそう」

泊まる気満々の兄を追い出すことはできず、夜遅くまでふたりでお酒を飲みながら話に花を咲かせた。

次の日の朝、ソファで寝落ちした兄を起こさないようにキッチンに立つ。

せっかく事件が解決したのだから、家でゆっくり休めばよかったのに。よほど疲れが溜まっているのか、兄は熟睡していた。

たしか今日も仕事だって言っていたよね。事件は解決したものの、部下から上がってくる報告書の確認作業などの雑務があるって言っていた。

そんな兄のために簡単なものだけれど、お弁当を作ってあげよう。

玉子焼きに唐揚げ、それとおにぎりにトマトやブロッコリーで彩りを加えていく。

「できた」

本当に簡単なお弁当だが、私にしては上出来な気がする。

朝ごはんにトーストと目玉焼きやサラダ、それと兄が大好きな珈琲を淹れる。その匂いにつられて兄が目を覚ました。

「ん……もう朝か？」

「おはよう、お兄ちゃん」

兄は寝起きがよく、すぐに起き上がって顔を洗い、身支度を整えていく。そして着替え終わった兄がテーブルに並ぶ朝食を見るや否や目を潤ませた。

「まさか理穂が朝ごはんを用意してくれるなんて……！　ありがとう、一日頑張れる」

「どういたしまして」

記念に写真を撮り出した兄にここでお弁当を渡したら、遅刻しそうだ。

ふたりで朝食を食べ、私も兄を送るついでにプリンの散歩に出た。そして兄にお弁当を渡したのは、マンションの外。

「お兄ちゃん、よかったらお昼に食べて」

お弁当箱が入ったランチバッグを渡すと、兄は目を見開いた。

「えっ！　理穂が俺にお弁当まで作ってくれたのか？」

初めて作ってあげたわけでもないというのに、信じられないようで兄がランチバッグと私を交互に見るものだから、恥ずかしくなる。

「ありきたりなおかずでがっかりするかもしれないけど。味の保証もできないし」

「なにを言ってる！　理穂が作ったものならどんな高級な料理より美味しいに決まっているだろう。ありがとう、拝みながら食べるよ」

「拝みながらって……。ふふ、どれだけ私のお弁当に価値があるのよ」

兄らしくて笑ってしまった。

「価値ならありまくりだろ。……本当にありがとう。しばらくは落ち着いているだろうから、頻繁に来るよ」

「えっ！　別にいいのに」

兄のことは嫌いではないが、頻繁に会っていたら疲れる。

「いいや、絶対に来るからな。それにここ最近、不審者通報が多いんだ。若い女性のストーカー被害件数も上がっている。理穂も気をつけろよ」

私には無縁の話だと思うが、ここで否定などしたら兄が大変そうだ。

「わかった、気をつけるね」

「あぁ、戸締まりをしっかりな。なにかあったらすぐに連絡をするんだぞ」

「うん」

最後まで別れを惜しみつつ、兄は帰っていった。兄の後ろ姿を見送りながら、プリンは寂しそうに鳴いた。

「大丈夫、プリン。またすぐに会えるよ」

あの調子だと明日にでもまた家に押しかけてきそうだ。しかし私の予想は外れ、その日のうちに兄からしばらくまた会えなくなりそうだと連絡が入った。

そして、次の日の朝にテレビである事件が大きく取り上げられた。都内で発生したストーカー殺人事件。犯人の男は現場から逃走し、いまだに見つかっていないという。

もしかしたらこの事件を兄は担当することになったのかもしれない。

「どんな気持ちで、好きな人を自分の手で殺《あや》めることができたんだろう」

私も初めて永瀬さんを好きになったからこそ、テレビのニュース番組を見るたびに理解できなかった。

なんでも犯人はとっくに振られていて、それでも強引に迫ったり、付き纏ったりしていたそう。自分の想いが届かないのなら、無理に押し付けるのはよくない。本当に相手のことが好きなら幸せを願えるはず。

でも人の考えは千差万別。それができない人もいる。私は前者でありたい。しばらくの間はこのニュースで持ちきりだった。

だが、懸命な捜査が実を結び、ほどなく犯人は無事に確保された。

その頃にはちょうど諒哉君と出会って一ヵ月が過ぎようとしていた。

「ねぇ、聞いた？　社長、明日の便で帰国するみたい」

ある日の仕事中、同僚たちと休憩中に聞いた話に、複雑な気持ちになる。

「海外進出の準備、終わったのかな？」

みんなの話を聞きながらスマホを手に持ち、昨夜、永瀬さんから送られてきたメッセージ画面を開く。

その内容は明後日《あさって》には社長が帰国するから、諒哉君も自宅に戻ることになる。最後に私とプリンに会いたいと言っているそうで、できれば今夜会ってほしいというものだった。

迷ったが、諒哉君と会えるのは本当に最後になるかもしれないから了承した。

休憩を終えてからは再び業務に戻り、永瀬さん、諒哉君との約束があったから頑張って仕事を終わらせて定時で帰宅した。すぐに着替えを済ませ、プリンとともに部屋を出る。そして向かうは隣の部屋。

「よし、プリン押すよ」

彼に会うのはドッグランに行った日以来。うまく話せるかと緊張でいっぱいだ。でも大丈夫、誘われてからずっとシミュレーションしてきたのだから。

一度深呼吸をして、インターホンを押した。するとすぐにドアの向こうから大きな足音が聞こえてきた。

「りほちゃーん!」

ドアが開いていなくても、鮮明に諒哉君の声が聞こえてきて笑みが零れる。

「諒哉、少し待て。今開けるから」

次に永瀬さんの声も聞こえてきて、一気に緊張が高まる。そしてドアが開くと同時に諒哉君が私の足に飛びついてきた。

「りほちゃん! あいたかった~!」

ギューッとしがみつく諒哉君にきゅんとなる。

「久しぶり、諒哉君。元気だった?」

「うん! プリンもあいたかったよ」

私から離れた諒哉君は、プリンの頭を優しく撫でた。

「急な誘いにもかかわらず、今日はありがとうございます」

「いいえ、そんな」

顔を上げた先にいた永瀬さんは、私と目が合うとすぐに逸《そ》らした。

「では行きましょうか」

「そうですね」

今、目を逸らされたよね。これまでこんなことなかったのに。

もしかして彼女に言われたのかな。彼女なら自分以外の女性と話すのを快く思うはずがない。

きっと今夜だって諒哉君に頼まれたから誘ってくれただけ。でもそれでいい。最後にこうして諒哉君と会うことができたのだから。

永瀬さんが予約してくれた店は徒歩で二十分くらいの距離ということで、歩いて向かうことになった。その間も私は決して彼と並んで歩くことはせず、諒哉君と常に話をしながら向かった。

店に着いてからも諒哉君の隣に座り、一緒にメニュー表を開く。

「うわぁ、プリンのごはんもいっぱいだよ」

「本当だ。プリン、なに食べようね。どれも美味しそうで迷っちゃうね」

ドッグメニューも豊富で、店内も犬がくつろげる空間となっている。思わず永瀬さんに「素敵なお店ですね」と話しかけてしまいそうになり、慌てて言葉を呑み込んだ。

ここで話しかけたらだめ。今日は諒哉君と楽しい時間を過ごすことに集中しよう。

幸いなことに永瀬さんも私に声をかけてくることはなく、諒哉君を中心に和やかな時間が流れていく。

諒哉君と選んだ手作りの無添加ハンバーグを、プリンは美味しそうに食べる。それを見て話は盛り上がり、諒哉君も楽しんでくれている様子。

ガレットやホットサンドといったカフェメニューはどれも美味しくて、諒哉君もご満悦だった。

最後に頼んだデザートも食べ終わったところで、諒哉君はプリンを見ながら悲しげにため息をついた。

「プリンにあえなくなるの、さみしいなぁ」

「諒哉君……」

そうだよね、プリンのことをすごく可愛がってくれて、見ていて大好きなのが伝わってくるもの。

「ねぇ、りほちゃん。またプリンにあいにきてもいい？」

「えっ？」

諒哉君に聞かれ、私は返答に困ってたまらず永瀬さんを見つめた。すると彼は諒哉君の頭を優しく撫でる。

「さっきも約束したよな？　プリンとはしばらく会えなくても我慢するって。諒哉の家は、俺のマンションから離れている。すぐには遊びに来られない距離だ。ひとりではうちに来られないだろ？」

「……うん」

諒哉君が理解できるように、言葉を選びながら彼は続ける。

「パパとママだって諒哉が休みの日に家にいなかったら寂しがるぞ？　三人で一緒に過ごせる時間は少ないだろ？　なにより相庭さんも忙しいんだ。ワガママを言ったらだめだ」

言い聞かせるように言われ、諒哉君は俯いてしまった。でもそれはきっと、永瀬さんの伝えたいことが諒哉君に伝わった証拠。

心苦しいけれど、永瀬さんが言ってくれてよかった。これが一番いい方法なんだ。きっと諒哉君だって少し経てば、私とプリンに出会う前の生活に慣れるはず。なにより諒哉君の犬好きを知って、社長が折れて飼ってくれるかもしれない。

「ごめんね、諒哉君」

声をかけると、諒哉君は俯いたまま首を横に振った。

「だいじょーぶ。ぼく、ちゃんとわかってるから。……でも、いつかまたあってね？」

顔を上げた諒哉君の目は赤く染まっていて、胸が痛む。

たしかな約束はできないけれど、この場限りの約束をしてもいいよね。

「うん、またいつか必ず会おうね」

小指を立てた諒哉君と指きりをした。

「やくそくだよ？」

「約束ね」

指きりを交わして諒哉君は笑顔になり、その愛らしい顔を見て泣きそうになってしまった。

それから諒哉君はカフェ内にある外のドッグランで、別れを惜しむように思いっきりプリンと遊んだ。

全力ではしゃいだためか、帰り道の途中で寝てしまった諒哉君を永瀬さんはおんぶする。

「やっぱりこうなると思っていました」

「プリンと走り回っていましたもんね」

諒哉君が寝てしまい、気まずい空気が流れる。まだプリンが一緒にいてくれて本当によかった。

早くマンションに着いてほしいと願いながら歩を進めていると、彼が口を開いた。

「相庭さん、この度は本当にご迷惑をおかけしました」

「いいえ、迷惑だなんて」

諒哉君に会いたくて会っていたのだ。迷惑だと思ったことは一度もない。

「おかげさまで母の腰も治りました。今後、弟夫婦が家を空ける際は母が諒哉を預かってくれます」

「そうですか、それはよかったですね」

言葉のひとつひとつが冷たくて、まるで突き放されているように感じる。

「俺も不規則な仕事をしていますが、これからもできる限り弟夫婦をサポートしていくつもりです。だから今後、相庭さんにご迷惑をおかけすることはないでしょう」

やっぱり思い過ごしじゃない。完全に彼は私を突き放している言い方だ。

ちょうどマンションに着き、エレベーターに乗る。私はなんて言ったらいいのかわからなくて、なにも言えずにいた。

そしてエレベーターは私たちの部屋の階に着き、彼に続いて降りた。

「相庭さんも忙しいのに、本当に諒哉がお世話になりました」

隣に住んでいるので、今後も顔を合わせることはあるかもしれない。しかし、こうやって会って話をするのは今日で最後だろう。それならしっかりと伝えておきたいことがある。

「いいえ、思いがけず楽しい時間を過ごさせていただき、ありがとうございました。……諒哉君と少しの間だけでも過ごせて幸せでした。だから迷惑になどまったく思っていませんでした」

それは永瀬さんと過ごした時間もだ。思いがけない運命的な再会を果たしたこの一ヵ月は、とても幸せな日々だった。

その思いを少しでも伝えたくて言うと、彼は目を見開いた。

どうしよう、変に思われた？　いや、でも彼の名前はいっさい出していないし大丈夫だよね。

だけど、これ以上一緒にいたらボロが出そうで、私は大きく頭を下げた。

「今夜は誘っていただき、ありがとうございました。食事も奢っていただいてしまいすみません、ごちそうさまです。それでは、私はこれで」

一方的に言い、なにか言いかけた永瀬さんを残して一目散に部屋に入った。

そのまま急いでリビングに向かい、ソファに腰を下ろして天を仰ぐ。

「これが最後でよかったんだよね」

きっとこの先、朝や夜に偶然顔を合わせることはあるかもしれない。でも今日みたいに食事に行ったり出かけたりすることはないはず。

それなら有希さんが嫌な思いをすることもないだろう。あとは私の心の中から永瀬さんが消えるまで、この想いを抱えていけばいい。

初恋は実らないもの。だからこそ人は強くなっていくのだと信じたい。次の日からよりいっそう気合いを入れて、仕事に励む日々を送った。

好きな人に彼女がいて、想いを告げることもできないまま終わった初恋。これほどつらいことが起こったのだ。

さすがにこれ以上の不幸は起きないだろう。そう思っていたのに……。

「やっぱりおかしい」

永瀬さん、諒哉君と食事をしてから二週間近くが過ぎた頃。帰宅すると違和感を覚えるようになった。

それは些細なことで、物の置き場所が微妙にズレていたり、消し忘れたと思っていた電気が消えていたり。

私の勘違いかと思って数日はそれほど気にしなかったが、その違和感が五日も続けばおかしいと気づく。

「くぅーん……」

「どうしたの？　プリン」

ここ数日間、プリンの様子もおかしい。なにかに怯《おび》えていて、私のそばから常に離れようとしないのだ。言葉が話せたらいいのにと、何度思ったか。

セキュリティはしっかりしているし、泥棒が入ったとしたら金目のものがなにも盗まれていないのは変だ。

でも泥棒ではないとしたら、この違和感はなに？

さすがに兄に相談して、監視カメラを設置したほうがいいかもしれない。

そんなことを考えながらお風呂に入ろうと下着を取りに行った時、タンスを開けて目を疑う。

「嘘、どうして？」

タンスには十着以上の下着があったはずなのに、二着しか残っていなかった。明らかに誰かに盗まれた証拠。

いったい誰がどうやって？　この家に私の知らない人が入ったとしたら、カメラなど仕掛けられている可能性もあり得るよね。今もどこかで私の様子を見ている？

急に怖くなって、急いで荷物をまとめてプリンを抱えた。

「プリン、行くよ」

キャリーバッグにプリンを入れて、すぐに家を出る。その時も見られているようで怖くてたまらない。

初めて感じた恐怖を抱えながら、私は駆け足で大通りに出てタクシーを拾い、兄が住むマンションへと急いだ。

いつの間にか大きくなっていた存在　陽平SIDE

彼女の幸せのためにも、俺は潔く諦めよう。そう決心したのは、当直帰りに偶然にマンション前で相庭さんと男性のやり取りを見たからだ。

この日は早くに上がることができたが、早朝に自主練をしたせいで汗をかいてしまい、一度帰宅してシャワーを浴び、着替えてから諒哉と母がいる実家に向かおうと思ったんだ。

そこでタイミングよく相庭さんがプリンを連れて、あるひとりの男性とマンションの入口にいるところに出くわした。

急いで物陰に隠れた俺は、つい相手のことが気になって耳を澄ませた。

「えっ！　理穂が俺にお弁当まで作ってくれたのか？」

「ありきたりなおかずでがっかりするかもしれないけど。味の保証もできないし」

「なにを言ってる！　理穂が作ったものならどんな高級な料理より美味しいに決まっているだろう。ありがとう、拝みながら食べるよ」

「拝みながらって……。ふふ、どれだけ私のお弁当に価値があるのよ」

そう言って彼女は笑った。

砕けたやり取りから、ふたりの親密ぶりが窺える。

今まで彼女に男の影などなかったし、休日も誘えば諒哉に付き合ってくれた。だから勝手に彼氏はいないとばかり思っていたのに……。

朝方、マンションからふたりで出てきたということは泊まっていたんだよな。それも相庭さんが弁当を作って渡すほどだ。彼氏以外考えられない。

そうか、彼氏がいたのか。

予想だにしない事態にショックが大きい。しかし、相庭さんに彼氏がいないほうがおかしいのかもしれない。

だったら今まで迷惑をかけていた。諒哉の手前、断ることができなかったのだろう。休日は彼氏と会いたかっただろうに悪いことをした。

「諦めないといけないな」

あんなに仲が良さそうな場面を見せられて、しつこく追いかけることなどできない。なにより相庭さんの幸せを奪うことまではしたくない。

彼女は彼氏を見送り、そのままプリンの散歩に出かけていった。姿が見えなくなってから物陰から出て、マンションへと急ぐ。

幸い、そろそろ剛志も戻ってくる。そうすれば自然と会う回数も減って気持ちも消えてくれるだろう。

だが、一度芽生えた恋心はそう簡単に消えてはくれなかった。

諒哉にどうしても最後に相庭さんとプリンに会いたいとせがまれ、彼女と約束を取りつけた。

彼氏がいるのにお互いの自宅で会うのはまずいと思い、ドッグカフェを予約した。あくまで諒哉と会わせることが目的だと自分に言い聞かせて、極力相庭さんとは言葉を交わさないようにした。

俺が彼氏の立場だったら、事情があったにせよ、自分以外の男と楽しそうに話しているのは嫌だ。それは彼氏も同じだろう。

もしかしたらこうして彼女とゆっくり食事をとることができるのは、今日が最後かもしれない。そう思ったら、何度も相庭さんを盗み見ていた。

幼さが残る笑顔も、優しさも明るいところもすべてが愛おしい。こんなに好きなのに、俺は彼女のことを諦めることなどできるのだろうか。

不安に襲われるものの、すぐにマンションの前で見たふたりの仲睦まじいやり取りが脳裏に浮かぶ。

相庭さんの声も明るくて楽しそうだった。きっと彼氏の前では自然体でいられるのだろう。相手だってそうだ。彼女のことを大切にしているのが短いやり取りの間で伝わってきた。

諦められないじゃない、諦めるしかないんだ。だから俺は最後にどうしても謝りたくて、迷惑をかけたことを謝罪した。

しかし彼女から返ってきた言葉は、意外なものだった。

「いいえ、思いがけず楽しい時間を過ごさせていただき、ありがとうございました。……諒哉君と少しの間だけでも過ごせて幸せでした。だから迷惑になどまったく思っていませんでした」

切実な想いをぶつけるように、真っ直ぐに俺を見つめながら言われた言葉に、なぜか心が落ち着かなくなる。

まるで俺と過ごした時間も楽しくて、幸せだったと言われているような気がしたから。いや、そんなわけがない。純粋に相庭さんは諒哉とのことを言っているんだ。

でも俺は短い時間だったが、相庭さんと過ごすことができて幸せだった。これほど誰かを好きになる気持ちを初めて知ることができたし、彼女のことを想うと幸せな気持ちで満たされていた。

それだけは伝えたいと思ったのだが、相庭さんは一方的に言って早々と部屋に入っていった。

「今さらだよな」

静かな廊下に響く自分の声に虚《むな》しさを覚える。

それに好きだと言われたって困らせるだけ。なにより俺が気持ちを伝えたら気まずくなり、諒哉とも二度と会ってくれなくなるかもしれない。だから言うべきではないんだ。

気持ちよさそうに眠る諒哉を連れて、静かに部屋に戻った。そのまま寝室へと向かい、そっと諒哉を寝かせる。

明日には諒哉も自分の家に戻る。剛志から今後は出張の頻度は少なくなると聞いているし、あったとしても基本的には母が預かってくれるだろう。

「そうさ、また以前の生活に戻るだけだ」

だからきっとすぐに元通りの日常に慣れる日がくるはず。そう思っていたのだが、現実は甘くなかった。

日が経つにつれて、相庭さんに対する想いは大きくなるばかりだった。そして諒哉が家に戻って二週間以上が過ぎた頃、当直明けで昼過ぎから寝ていた俺は、十五時頃に剛志の電話に起こされた。

「いつ来てもすごいな」

突然の剛志からの電話は、諒哉を預かってくれたお礼がしたいから会社に来てほしいというものだった。

相庭さんと会うかもしれないから一度は断ったが、その理由を散々聞かれたため、押し切られてしまった。

しかし普通はお礼をする側が出向くものじゃないのか？　本当に昔から自由奔放な弟には振り回されてばかりだ。

十六時過ぎに会社に着いて受付で名乗ると、すぐに社長室に案内された。

「失礼します、社長。お兄様がいらっしゃいました」

秘書に連れられて入った社長室は、デスクにソファ、テーブル、それと資料が並べられた本棚というシンプルで清潔感のある部屋だった。

実はこうして剛志の会社を訪れるのは初めてで、つい室内を見回してしまう。

「久しぶり、兄さん。元気だった？」

「あぁ。お前も元気そうだな」

「おかげさまで」

スーツを着こなした剛志は、俺を中央のソファに座るよう促した。剛志も俺と向かい合うかたちで腰を下ろすと、すぐに秘書が珈琲を運んできて、それぞれのテーブルに並べる。

「なにかございましたら、お呼びください。失礼します」

「ありがとう」

スマートなやり取りを目の当たりにして、本当に剛志は会社の社長として働いているんだと誇らしくなる。

「頑張ってるな」

「まぁ、それなりに。家族はもちろん、多くの社員の生活を背負っているからね。頑張らないと」

剛志から大学在学中に起業したいと聞いた時は、俺も母も無理だと思って反対した。しかし剛志は自分の意志を貫き、ひとりで起業した会社をここまで大きくしたのだ。弟ながらすごいと思う。

「それで今日はどんなお礼をしてくれるんだ？」

珈琲を飲みながら呼び出された目的を聞くと、剛志は急に前のめりになる。

「それはもちろん兄さんがとびっきり喜ぶお礼だよ」

意味ありげな笑顔を見せられ、妙に警戒してしまう。

「本当に喜べるのか？」

「もちろん」

すると剛志は姿勢を戻して、ニヤニヤし出した。

「兄さんも隅に置けないな。まさか俺の部下を好きになるなんて」

「俺の部下って……」

それって相庭さんのことだよな？

「どうしてお前がそれを？」

諒哉にだって話していないのに、なぜ知っているのか気になって聞いたところ、剛志は確信を得た目で俺を見る。

「やっぱり兄さん、相庭さんのことが好きなんだ」

「どういうことだ？　やっぱりって」

理解できなくて聞き返すと、剛志は得意げに話し出した。

「諒哉があまりに理穂ちゃん、理穂ちゃんって騒ぐからさ。諒哉と話していて俺も理穂ちゃんって呼び始めちゃったほどで、詳しく聞いてみたんだ。そうしたら女性に興味がなかった兄さんが、諒哉と理穂ちゃんと一緒に動物園に行ったり、ドッグランに行ったりしたって言うじゃないか。それでピンと来たんだ。諒哉に付き合っていたのは、兄さんが理穂ちゃんと会いたかったからかもしれないって」

鋭い考察に脱帽する。

「どう？　当たってた？」

期待に満ちた顔で聞かれたら、誤魔化せそうにない。

「あぁ、当たってるよ」

下手に隠すより打ち明けたほうがいいと判断して言うと、剛志は目を輝かせた。

「よし！　じゃあこれからは俺に任せて！　俺と諒哉がふたりの恋のキューピッドになる」

勢いよく立ち上がった剛志に唖然《あぜん》となる。

「諒哉から聞いていてさ、なんだかんだ理穂ちゃんも兄さんのことまんざらでもなさそうだと思ったんだよね。だから周りがアシストすれば、絶対うまくいくと思うんだ」

これは剛志の暴走が始まりそうだ。その前に止めなくては大変なことになる。

今にも相庭さんのところへ行きそうな剛志を俺も立ち上がって引き止めた。

「相庭さんには彼氏がいるんだ」

「……え？」

予想外だったようで、剛志は信じられないと言いたそうに目を丸くさせて俺を見る。

「か、彼氏？　理穂ちゃんに？」

「あぁ。この前、一緒にいるところを見たから間違いない。……仲良さげで幸せそうだったよ」

「そんな……」

張り切っていた剛志は力が抜けたようにソファに座った。

「たしかに相庭さんに惹かれていた。でも相手がいる以上、どうすることもできないだろ？　それに俺は相庭さんが幸せならそれでいいと思っている」

欲を言えば、俺の手で幸せにしたかったが、自分に気持ちを向けてもらえない以上、それは叶わぬ夢だ。

俺も再びゆっくりとソファに座り、残りの珈琲を飲み干した。

「せっかく協力してくれようとしたのに悪いな」

「いや、なに言ってるんだよ。そんなこと気にしないでくれ。でも……」

言葉を濁した剛志はなにか考え込んでいる様子。少しして真剣な表情で口を開いた。

「でもさ、それで兄さんは後悔しないの？　だって兄さん、前に父さんが生きているうちに感謝の思いを伝えたかったし、親孝行をもっとしたかったって言っていただろ？」

「それは……」

そうだった。元気だった父がある日突然倒れて癌が見つかり、即日入院となって闘病生活が始まった。

生きようと必死な父を見て大丈夫、完治すると思っていた。よくなってから色々な話をして、きっといつかは両親が喜ぶようなプレゼントをしたりと、親孝行をするつもりだった。

だけどそれは叶わなかった。伝えよう、プレゼントしよう、一緒にやろう。そう思ったらすぐに行動しなくてはいけなかったんだ。

「兄さんはさ、理穂ちゃんに彼氏がいるからって気持ちを伝えないままで後悔しないのか？　父さんが亡くなった時と同じ悔しさを感じない自信があるのかよ」

厳しい口調で言われた剛志の言葉が、鋭い矢と化して胸の奥深くに突き刺さる。

だが、今さらじゃないか？　会わなくなって数週間経つ。それに彼氏がいる相庭さんに、どうやって想いを伝えればいいんだ？　その答えは当然出ない。

「お前の気持ちはありがたいが、言わないことが正解なこともあると思うんだ」

伝えないことが、相庭さんの幸せに繋がるはず。

それは剛志にも伝わったようで、深いため息を漏らした。

「本当、兄さんって不器用すぎ。もっと素直に生きてみてもいいのに。いい？　最後の忠告だよ。あとになって悔やんでも知らないからね」

人差し指を立てて刺々《とげとげ》しい声で言った剛志は、ゆっくりと立ち上がった。

「当直明けなのに来てくれてありがとう」

「いや、こっちこそありがとう」

俺も立ち上がり、剛志とともに社長室を出た。そして、玄関先まで見送りに出てくれた剛志は声を潜めた。

「兄さんが来る前に秘書に調べさせたところ、理穂ちゃんはほとんど残ってやる仕事はないみたいだから、あと少し待てば偶然を装って会えると思う」

そう言って剛志は俺の肩を数回叩き、「本当に一度くらいは素直になってみなよ」と言って戻っていった。そのまま彼女がいるビルを見上げる。

「素直に、か」

自分の気持ちを相手に伝えるのは苦手だ。それに諦めたくない、しっかり伝えたいと思える相手に出会うこともなかった。でも相庭さんは違う。幸せを願うほど惹かれていた。

剛志に言われたせいか、父が亡くなった時のことが脳裏をよぎる。

人はいつ命が尽きるかわからない。俺だって明日、突然事故などに巻き込まれて命を落とす可能性もある。

父が亡くなり、永遠に続く人生などないのだから、その日その日で後悔しないように生きていかなければいけないと思った。

果たして俺は今、この瞬間の決断をこの先の人生で後悔しないだろうか。

すぐに、短いけれど彼女と過ごした楽しい記憶が次々とよみがえる。

後悔、するに決まってる。これほど好きになれたのは相庭さんが初めてなんだ。この先、彼女以上に好きになれる相手と出会える自信などない。

まだ出会って間もないのだから、知らない一面があると思う。しかし、新たな彼女を知るたびにもっと好きになる気がする。そんな相手と出会えたことは奇跡だ。

それなら振られるとしても自分の気持ちだけは伝えたい。あくまで自分の気持ちを伝えるだけだ。それ以上は望まない。彼女が幸せならそれだけでいいから。

ちょうど仕事が終わる時間になったようで、次々とビルから人が出てきた。少しして、相庭さんの姿をとらえる。

しかし周囲を警戒していて様子がおかしい。もしかして彼女の身になにかあったのか？　そう思ったら居ても立っても居られず、俺は彼女のもとへ駆け寄った。しかし相庭さんは駅に向かって歩き出す。

さらにスピードを上げて、彼女の背中を叩いて呼び止めようと手を伸ばした時。

「お前か！　理穂のストーカーは!!」

いきなり背後を取られ、掴まれそうになった腕を振り払って相手の腕を掴む。

「無駄な抵抗はやめろ」

「なにを言って……」

スーツを着た男がわからず、戸惑う。互いに腕を掴み合ったまま攻防が続く。

「白を切るつもりか、このストーカーが！　よくも俺の可愛い理穂に怖い思いをさせたな」

さらに強い力で腕を握られた瞬間、遠くから彼女が焦った様子で駆け寄ってきた。

「お兄ちゃんやめて！　その人はストーカーじゃないから！」

「……は？」

相庭さんの話を聞き、男はゆっくりと俺の腕を離した。するとすぐに相庭さんが心配そうに掴まれていた腕を気遣う。

「大丈夫ですか？　永瀬さん」

「は、はい。大丈夫です」

強い力で握られていたため、手首が赤くなっているのを見た相庭さんは、鋭い目を男に向けた。

「なにしているの、お兄ちゃん！」

お兄ちゃん？　相庭さんの？

よく見れば、そこにいたのは記憶にある男だった。

「いや、しかし。その男がストーカーではない保証はないだろう？」

「永瀬さんがストーカーなわけないでしょ！　早く謝って！」

「はい!!　すみませんでした！」

相庭さんに一喝され、男は勢いよく頭を下げた。次に顔を上げた男は、やはりあの日の朝、マンション前で見た人と同一人物だった。

じゃあ俺が見たのは相庭さんのお兄さんだったんだ。……彼氏じゃなかったんだ。

安堵するとともに、ある心配が芽生える。

「すまなかった」

「いいえ。それよりもストーカーってどういうことですか？」

聞き捨てならない話に尋ねたところ、相庭さんと彼女の兄は顔を見合わせた。

「お兄ちゃん、永瀬さんは隣人なの。だからなにか知っているかもしれないし、事情を話してもいい？」

「隣？　この男が理穂の隣に住んでいるのか⁉」

彼女の兄は目を見開き、俺を指差して相庭さんと交互に見る。

「もう、重要なのはそこじゃないでしょ！」

「そうだがっ……！　別の意味でまた心配になったぞ」

「いいから。……すみません、永瀬さん。ここではあれですし、部屋でゆっくり説明させてください」

「はい、お願いします」

それからマンションの俺の部屋で、ふたりから思いがけない話を聞かされた。

通じ合う想い

部屋の中の下着が盗まれていると気づき、急いで家を飛び出して向かった先は兄が暮らすマンション。

必要最低限のものしかない殺風景な部屋の中心にあるソファに座り、兄が淹れてくれた珈琲を飲む。

「大丈夫か？」

「うん、ありがとう」

兄は私の隣に腰を下ろすと、そっと背中を撫でてくれた。

兄が仕事で不在だったら凛子を頼ろうと考えていたのだが、幸いなことに仕事を終えて帰宅していて、連絡をすると近くまで迎えに来てくれた。

「今夜は遅いし、明日鑑識を呼ぶよ。俺が現場に立ち会うから理穂は家で待っててもいい」

「ううん、私も行くよ。他になにがなくなったのか、私じゃないとわからないでしょ？」

「それはそうだが……。無理しなくてもいいからな？」

「うん、大丈夫」

少し怖くはあるけれど、兄も一緒に来てくれるなら平気。それに自分の目で部屋からなにが消えたのかを確認したい。

「プリンは知らない部屋だから、少し落ち着かない様子だな」

「そうだね」

兄の部屋に来るのは初めてで怖いようだ。だからまだキャリーバッグから出てこない。知らない場所に連れて来られて、プリンも混乱しちゃうよね。悪いことをしちゃった。

「あー……でも大丈夫そうだぞ。ほら、部屋の中を見る余裕も出てきた。だから気にするな。すぐに慣れるさ」

「……うん」

何度も優しく背中を撫でられ、少しずつ落ち着きを取り戻してきた。

「とにかく今日はもう寝たほうがいい。明日は仕事を休めよ。しづらいなら俺から連絡を入れてもいい」

「ありがとう。でも大丈夫、自分で会社に伝えるよ」

「そうか？　いつでも代わるから言ってくれよ」

そう言うと兄は「風呂を沸かしてくる」と言ってリビングから出ていった。

いったい誰がどうやって部屋に侵入して、下着を盗んでいったのだろう。マンションの玄関は暗証番号を入力しなければ入れない。それに鍵だって一度も落としたり紛失したりしていないのに。

下着をコレクションするのが趣味の人による犯行だろうか。それとも、自分とは無縁だと思っていたけれど、ストーカー？

どちらにしてもただ怖くてたまらない。

そんな私に気づいてか、兄は私が入浴中ずっと外で待ってくれた。さらに私をベッドに寝かせて自分は床に布団を敷き、同じ部屋で寝てくれた。

「おやすみ、理穂。なにかあったらすぐ起こしてくれていいからな」

「本当にありがとう。おやすみ、お兄ちゃん」

寝る頃になってプリンも慣れたようで、キャリーバッグから出てきた。そして私が不安を抱えていることに気づいたのか、ベッドに上がってピタリと私に寄り添った。

「プリンもおやすみ」

隣で身体を丸めるプリンの頭を撫でながら目を瞑《つむ》る。

大丈夫、兄もプリンもいる。だからとにかく寝ている間だけは忘れたい。

疲労感もあり、次第に眠気が襲ってきて私は眠りに就いた。


次の日。会社に事情を説明して休みをもらい、兄とともに自宅へと戻った。

部屋は昨夜出たままの状態で、すぐに兄から連絡を受けた警察が現場検証を始めた。

「相庭警視、これといった犯人に繋がる物証などは出てきませんでした」

「そうか」

鑑識から報告を受け、兄は小さく息を吐いた。

「理穂、下着以外になくなったものはあったか?」

「貴重品とかは大丈夫だったけど、ごみがなくなってた」

「ごみ?」

聞き返してきた兄に、大きく頷く。

「今日はごみの日だったからけっこう溜まっていたんだけど、袋の中身が明らかに減っているから」

説明したところ、一緒に話を聞いていた鑑識と兄は顔を見合わせた。

「至急、ごみ袋の中も確認してくれ」

「わかりました」

正直、なにを捨てたかまでは覚えていない。でも個人情報に繋がるものはちゃんとシュレッダーにかけているから大丈夫だろう。でもごみまで盗まれたなんて……。

呆然となる中、兄が言葉を選びながら話し出した。

「理穂、言いにくいんだが……。状況から見てストーカーによる犯行の線が強い」

信じられないけれど、それしか考えられない。

「それと、盗聴器も発見された」

「……う、そ。それじゃずっと私の声や生活音が筒抜けだったってこと？」

「あぁ」

私、よくプリンに話しかけたり独り言を呟《つぶや》いたりしていたよね。それも相手に聞かれていたんだ。

自分の知らないところで勝手に部屋に入られて盗聴器を仕掛けられ、下着やごみまで盗まれていたなんて……。

改めて考えると一気に恐怖心に襲われて、身体が震え出す。

「大丈夫か？　理穂」

すぐに兄は私の身体を支えてくれた。

「ごめん、怖くなっちゃって」

「無理もない。もう充分だ、帰ろう」

そう言うと兄は残りの作業を部下に任せ、私を連れてマンションを後にした。

兄の自宅に戻り、兄は私が落ち着くまで待ってくれた。

「理穂、一刻も早く犯人を見つけるためにも、少し話を聞かせてもらってもいいか？」

「……うん」

そうだよね、怖い思いをずっと抱えたまま毎日を過ごしたくない。

「犯人に心当たりはあるか？」

「ううん、まったく」

「そうか。どんな些細なことでもいい。引っ越してから変わったことや、言葉を交わした人で怪しい人などいなかったか？」

兄に聞かれて考えるものの、思い当たる節はなかった。

大きな変化はないし、顔見知りの人でおかしな人もいない。商店街の人をはじめ、たまに言葉を交わす散歩仲間も変な人などいなかった。

「ううん、とくには」

私の答えを聞き、兄は力なく「わかった」と呟いた。

「つらい時に聞いて悪かったな」

「ごめんね、手掛かりになるようなことを覚えていなくて」

「いや、心当たりはないんだろ？　だったら仕方がない。大丈夫、俺たちの捜査力を舐《な》めるなよ。すぐに犯人を見つけてやるから安心しろ」

そう言って兄は私の髪をクシャッと撫でた。

「犯人が捕まるまで家にいてくれてかまわないが、仕事はどうする？　休むか？」

「ううん、明日から行くよ」

イベントを控えた今が一番忙しいのに、何日も休んでなどいられない。それに兄の家でひとりでいるより、会社でみんなと過ごしていたほうが安心できる。

「そうだな、そのほうが気も紛れるだろうし、俺も理穂を家にひとりで残すより安心だ。もちろん朝と帰りの送迎はしてやるから安心していい」

「ありがとう。ごめんね、迷惑をかけちゃって」

兄の忙しさを知っているから申し訳なく思うが、でもひとりであの満員電車に乗って出勤する勇気はない。ここは素直に兄に甘えさせてもらおう。

「なに言ってるんだよ。むしろずっとここにいてくれてもいいぞ？」

それはさすがに無理な話だ。兄とずっと一緒にいたらと想像しただけで疲れる。とは、兄を前にしては言えず、笑って誤魔化した。

だけど本当に兄がいてくれてよかった。ひとりだったらどんなに不安だったか。

これ以上、兄に迷惑をかけないためにも早く犯人が捕まってほしい。そして私とはどのような関係なのか、知っている人なのか、なぜこんなことをしたのかを聞きたい。

この日は兄も仕事を休んでくれて、ずっとそばにいてくれた。

翌朝、兄に会社前まで車で送ってもらったところ、玄関前で凛子が待っていてくれた。私が車から降りたのに気づき、駆け足で寄ってくる。

「理穂！」

「凛子？」

すぐに私の前まで来ると、心配そうに私の手を握った。

「大丈夫？　大変だったね」

昨日会社に休みの連絡を入れた時、部屋に強盗が入ったことまでは伝えてあった。もちろん凛子にも同じことをメッセージで送っている。今日から出勤することも。

「もしかして、待っててくれたの？」

「当たり前でしょ？　犯人が犯人なんだから、会社内でも油断禁物！　今日は私がずっとそばにいるからね！」

あれ？　私、凛子に犯人はストーカーの可能性が高いって言っていないよね？　それなのになぜ彼女が知っているのかと困惑していると、兄が運転席から降りた。

「俺が凛子ちゃんに事情を説明したんだ。昨日は言えなかったが、犯人がわからない以上、社内といえど安全とは言い切れない。だから理穂のそばにいてくれるようにお願いした」

「そうだったんだ」

すると凛子は私の手を強く握った。

「可愛い理穂をストーカーしたくなる犯人の気持ちはわかるけど、絶対に犯人がしたことは許せない。新一さん、一刻も早く犯人を逮捕してくださいね」

「あぁ、もちろんだ。それまで悪いが俺がそばにいてやれない間は理穂のことをお願いしたい」

「はい、お任せください！」

そう言って凛子は自分の胸を強く叩いた。

「ありがとう、凛子ちゃん。理穂をよろしく頼む」

最後に兄は私の頭をひと撫でして、「仕事が終わったら連絡をくれ」と言って颯爽と車を走らせていった。

「新一さん、久しぶりに会ったけどますますかっこよくなっていない？」

「そうかな？」

「そうだよ。大人の男の色気が増してた」

たしかに妹の私から見ても兄の顔は整っている。でもそれはあくまで見た目の話。普段の私に対する態度を見ていると、どうもかっこいいとは思えない。

「新一さんにも頼まれたし、理穂！　今日は金魚の糞《ふん》の如くそばから離れないからね」

そのままギュッと私の腕にしがみつく凛子に笑みが零れる。

「ふふ、さすがに仕事中は無理じゃない？」

「その分、仕事中は常に理穂を視界に入れておくから安心して」

「ありがとう」

犯人は捕まっていないし、心当たりもないから怖い。でも兄や凛子の存在がすごく心強くて安心できる。

凛子と寄り添って社内へと入っていくと、同僚からは「どれだけ仲良しなの？」と茶化された。でもみんな、自宅に強盗が入ったという事情を知っているから気遣ってくれているのが伝わってきた。申し訳なくなると同時に、胸がいっぱいになる。

凛子たちのおかげで安心して仕事に打ち込むことができた。昼休みも出社前にコンビニでお弁当を購入してきたため、外に出ずに済んだ。

午後もオフィスには必ず誰かがいるという安心感のおかげで、仕事に集中することができた。同僚の中に犯人はいないと確信を持てるから余計に。

この日は上司から定時で上がるように言われており、兄にもそのことを早めにメッセージで伝えていた。

そのため定時を過ぎて少しして兄から、もうすぐ着くという連絡が届いた。それを確認して残っている同僚に挨拶をしていく。

「すみません、お先に失礼します」

みんな、「お疲れ」「気をつけて帰ってね」と優しい言葉をかけてくれた。

凛子に帰りも玄関まで送ると言われていたが、タイミング悪く取引先から電話がかかってきて対応中だった。

兄はもうそろそろ着くと言っているし、玄関前まで来てくれるのだ。大丈夫だろう。付箋に記入して、通話中の凛子に見せる。すると彼女は口を大丈夫?と動かして聞いてきた。

それに対し大丈夫とジェスチャーを送ってまた明日と伝え、オフィスを後にした。ちょうど退社する社員が多く、普段は混雑する廊下やエレベーター内が嫌だったけれどそれに今日は安心する。

しかしエレベーターから降りて玄関から出たところ、一気に不安に襲われた。犯人は私の家まで知っているんだもの。まさか待ち伏せされていないよね？周囲を警戒しながら兄の車を探す。兄が来る方向を予想して駅方面のほうへ歩を進めて少し経った頃、背後から「お前か！　理穂のストーカーは!!」という兄の大きな声が聞こえてきた。

そして、現在に至る。

「改めて、兄が本当にすみませんでした」

「いや、事情が事情ですし、犯人に間違われても仕方がなかったから気にしないでください」

あれから隣に住んでいるなら、やはり犯人の可能性が高いと兄は永瀬さんを疑い始めた。しかし下着が盗まれたと思われる日、当直で不在だと言ったため、兄は彼の話を聞いてくれる気になったようだ。

彼にストーカーについて知られたため、謝罪も兼ねて彼の部屋に上がらせてもらった。

本来なら私の家に招くべきだが、どうしても一昨日のことを思い出しそうで無理だった。

その理由を説明したところ、永瀬さんは苦しげに顔を歪めた。

「隣に住んでいたのに、まったく気づけずすみませんでした」

「いいえ、そんな。永瀬さんは当直勤務で家にいることが少ないんです。それに私自身がわからなかったのですから、気づかなくて当然ですよ」

「そうかもしれませんが、相庭さんは随分と怖い思いをされたでしょう。それなのになんの力にもなれなかったことが悔やまれます」

本当に悔しそうにする彼を見て、ドキッとなる。

いやいや、ドキッじゃないよ。ただ単に永瀬さんは隣人として心配してくれているだけ。彼には有希さんという彼女がいるんだから、勘違いしちゃだめ。

今だって兄が彼を犯人に間違わなければ、こうして再び家に上がらせてもらうこともなかった。仕方がなかったとはいえ、有希さんが知ったらいい思いはしないだろう。

早めにお暇《いとま》しよう。

そんなことを考えていると、口を閉ざしていた兄が話し出した。

「隣人なのに、不審者を見かけもしなかったのか？」

刺々しい声で言う兄にギョッとなる。

「はい、残念ながら。お力になれず、申し訳ございません」

誠実な永瀬さんの返答に、こっちが申し訳なくなる。

「お兄ちゃん、そんな言い方しないで」

「アリバイの調査結果を正式に聞くまではこの男の潔白は晴れない。それに理穂の隣で暮らすという幸せ権を持っているにもかかわらず、なんの役にも立っていないんだぞ？　なぜそんな男を庇《かば》うんだ」

「ちょ、ちょっとお兄ちゃん？」

失礼な発言もさることながら、相変わらずのシスコンぶりに、初めて目の当たりにした永瀬さんは目を瞬かせている。当然の反応だ。こんな大の大人の男が、二十五歳にもなる妹に対する態度とは思えないだろう。

「永瀬さん、うちの兄がすみません」

「おい、理穂！　それはどういう意味だ？　兄ちゃんは悲しいぞ⁉」

隣でギャーギャー騒ぐ兄に「静かにして！」と一喝したい気持ちをぐっとこらえる。

「いいえ、とんでもないです。相庭さんのような愛らしい妹さんがいらしたら、心配になるお兄さんの気持ちは充分理解できますから」

大人の対応を見せた永瀬さんに、兄はちょっと上機嫌になる。

「そうでしょう、理穂は本当に世界一可愛い妹で、昔からもう心配でたまらないんですよ。とくにあなたのようないい男が近くにいると思うと、面白くないですし」

笑顔ながら強い圧を感じ、さすがの永瀬さんも困惑している様子。

できることなら永瀬さんに兄を会わせたくなかった。もちろん大好きな兄だけれど、やはり恥ずかしい気持ちもある。

居たたまれなくなる中、永瀬さんが口を開いた。

「あの、微力ながら俺にもできることがあれば、協力させてください」

思いもよらぬことを言い出した永瀬さんに耳を疑う。

「協力って、なにを？」

すぐさま聞き返した兄に対し、永瀬さんは真剣な面持ちで続けた。

「なんでもします。俺の潔白を証明するためにも、見回りなどできる限り協力します」

「そんなっ……！　永瀬さんにそこまでご迷惑をおかけできません！」

すぐに断ったが、彼は引かなかった。

「いいえ、協力させてください。……相庭さんには諒哉のことで大変お世話になりました。それに迷惑だなんて思っていないです。相庭さんだから力になりたいんです」

「永瀬さん……」

せっかく彼に対する想いは吹っ切れそうだったのに、なぜこのタイミングでそんな優しいことを言うの？　真面目で誠実な彼だから言ってくれているだけとわかっていても、どうしてもときめいてしまう。

だけどそのたびに彼女のことが脳裏に浮かぶ。

「お気持ちは大変ありがたいのですが、本当に大丈夫です。……彼女さんだって反対するはずです」

そうだよ、有希さんは彼に危険が及ぶかもしれないことを許すはずがない。それも自分以外の女性のためだなんて知ったら、どんなにつらい思いをするか。

彼女の気持ちを考えて言ったものの、なぜか永瀬さんは大きく目を見開いた。

「彼女って、どういうことですか？　俺には彼女なんていませんよ」

「えっ？」

どういうこと？　彼女がいないなんて。もしかして私に断らせないために嘘をついているの？　そんなことしなくてもいいのに。

「隠さないでください。私、永瀬さんには有希さんっていう彼女がいることを知っていますから」

「有希……？　有希って、あの有希ですか？」

驚いた顔で聞き返してきた彼に、苛立《いらだ》ちが募る。

「そうですよ、あの有希さんです。ドッグランに行った日、電話をかけてきたのは有希さんですよね？　諒哉君もふたりは仲良しって言っていましたし、諒哉君と永瀬さんが有希さんを見送るところも見たんです」

これ以上偽れないように捲し立てて言うと、永瀬さんは焦った様子で話し出した。

「本当に誤解です。有希は幼なじみなんです。彼女には結婚を前提に付き合っている恋人もいます」

「……幼なじみ？」

嘘、本当に？　有希さんは永瀬さんの彼女じゃないの？

すぐには信じることができなくて、言葉が続かない。すると彼は真剣な表情で私を見つめた。

「はい、幼なじみです。電話も彼氏とどうやって仲直りしたらいいのかの相談で、家に来たのも、仲直りしたお礼も兼ねて諒哉と遊んでくれていただけです。俺に彼女はいません。信じていただけないのなら、後日有希の口からも説明させます。だから喜んで協力させてください」

「……え？　あっ……でも……」

どうしよう、混乱して頭がうまく回らない。でも彼が嘘を言っているようには思えない。じゃあ本当なの？

困惑する中、隣に座った兄が突然なにかを思い出したように口を開いた。

「おい、ちょっと待て。まさか理穂、好きになったけど彼女がいたから諦めると言っていた男はこの男なの……」

「わー！」

とんでもないことを言い出した兄の口を慌てて塞ぐ。しかし時すでに遅し。兄の話はしっかりと彼の耳に届いてしまったようだ。

「お兄さんの話は本当なんですか？」

恐る恐る聞いてきた彼に、どう返したらいいのかわからなくて固まってしまう。でも、彼女がいないのなら気持ちを伝えたって誰にも迷惑がかからないのでは？

それにできるなら永瀬さんに告白したいと思っていたよね。それなら知られてしまった以上、隠す必要などない。

大きく高鳴る心臓の鼓動を静めるように小さく深呼吸をするも、あまりの緊張に言葉が出ない。その代わりに私は大きく頷いた。

これで私の気持ちは伝わっただろうか。永瀬さんの反応が怖い。それでも彼が今、どんな表情をしているのか気になってゆっくりと顔を上げた。

「えっ……」

目の前に座る彼の耳は驚くほど真っ赤に染まっていた。意外な反応に困惑する。

これは脈ありなの？　それとも思いがけない相手からの告白だったから、パニックになっているだけ？

どちらにもとれる反応に、私もどうしたらいいのかわからなくなる。

するとずっと私に口を塞がれていた兄がギブアップと言うように、私の腕をパンパンと叩いてきた。

「あ、ごめんお兄ちゃん」

すっかり忘れていた兄の口から手を離すと、すぐさま兄は彼に鋭い目を向けた。

「俺はまだお前を認めていないからな！　……だが、ふたりは話をする必要があるだろう」

そう言うと兄は深いため息をつき、私を見つめた。

「三十分だけ理穂の部屋で待ってる。だからちゃんと話してこい」

「お兄ちゃん……」

兄は私の気持ちを知っている。だからこうして背中を押してくれるのだろう。

しかし、私に向けた優しい笑みから一変、兄は再び永瀬さんに厳しい表情を向けた。

「三十分経ったら理穂を迎えに来る。いいか？　絶対に変なことはするなよ」

彼を指差して釘を刺す兄にギョッとなる。永瀬さんがそんなことをするわけがないのに、失礼すぎる。

しかし永瀬さんは真剣な面持ちで答えた。

「はい、もちろんです。ありがとうございます」

そんな彼の態度を見て、兄は面白くなさそうに顔をしかめた。

「約束、破るなよ」

最後に兄は彼に対して強い口調で言って、部屋から出ていった。玄関のドアが閉まる音と同時に、ふたりっきりになったという緊張感で心臓が驚くほど速く脈打つ。

なにか言わないと、静かな室内では彼にドキドキしているのが伝わりそう。それなのになかなか言葉が出ない。

「大丈夫ですか？　大変でしたね」

そう言うと彼は、「隣に座ってもいいですか？」と聞いてきた。

すぐに答えられなかった私の返事を聞くより先に彼は立ち上がり、先ほどまで兄が座っていた場所に腰を下ろした。

どうしてわざわざ隣に座るの？　これじゃますますドキドキしちゃうじゃない。

ただでさえ彼に気持ちがバレている状態なのだ。これから告白したいと思っているのに、距離が近いとそれどころではなくなる。

軽くパニックに陥る私とは違い、真っ直ぐに私を見つめる彼は落ち着いているように見える。

「相庭さんがつらい時、そばにいられなかったことが悔やまれます。……お兄さんを勝手に相庭さんの彼氏と勘違いして距離を取ろうとした自分が恨めしいです」

どういう意味？　自分の都合のいいように解釈しちゃいそうになる。

さらに胸の鼓動が増す中、永瀬さんは愛おしそうに私を見つめた。

「出会った時から、芯が強くて素敵な女性だと思っていました。それからずっと相庭さんのことが気になっていて、偶然にも再会できたことにどれほど喜んだか」

息苦しさを覚えるほど胸が高鳴る。だって、これじゃまるで彼が私を好き、みたいじゃない？

「諒哉をきっかけに一緒に過ごす時間を持つことができて、相庭さんへの想いは大きくなっていきました。相庭さんと一緒にいると楽しくて、温かい気持ちになるんです。こんな気持ちを抱くのは初めてでした」

そう言うと彼は一呼吸を置き、ゆっくりと口を開いた。

「相庭さんのことが好きです。これからは俺にそばであなたのことを守らせてくれませんか？」

夢みたいな話に現実感が湧かない。本当に永瀬さんも私と同じ気持ちなの？　片想いじゃなかったの？

彼女だと思っていた有希さんが実は幼なじみだと知り、思いがけず兄に自分の気持ちを暴露され。そして彼からの愛の告白と怒涛《どとう》の展開に頭がついていかない。

でも永瀬さんが嘘をついているようには思えない。それに私だって同じ気持ちだと、改めて自分の口から伝えないと。

そう自分に言い聞かせて、彼を見つめ返した。

「はい、私も永瀬さんに一目惚れ《ひとめぼ》れして、それから思いがけず再会して……。出会った時からずっと大好きでした。永瀬さんに彼女がいると勘違いして、諦めようとしても好きって感情はなかなか消えてくれませんでした」

むしろ大きくなるばかりで、本気で諦めきれないならひとり勝手に想い続けていこうとさえ考えていた。

「こんな私ですが、よろしくお願いします」

「相庭さん……」

好きな人に好きってやっと言えた。伝えられなくてもいいと思っていたけれど、そんなことはなかった。気持ちを相手に伝えることができて嬉しい。

自然と笑みが零れた瞬間、永瀬さんに思いっきり抱きしめられた。一瞬にして彼のぬくもりと爽やかな香りに包まれる。

「え？　な、永瀬さん……？」

予想外のことにさっきとは比べものにならないほど、心臓が暴れている。だけどそれは私だけではないようで、彼の鼓動も伝わってきて胸がギュッと締めつけられた。

「すみません、夢みたいで」

耳もとで吐息交じりに囁かれた言葉に、かぁっと身体中が熱くなっていく。

私の存在を確かめるように優しく背中や髪を撫でられるたびに、ドキドキしてたまらない。

どれくらいの時間、抱きしめられていただろうか。きっと数分間だったと思う。でも私には長い時間に感じた。

「あ、あの永瀬さん……？」

そろそろ離してもらえないだろうか。ドキドキして心臓が疲労困憊《こんぱい》だ。

しかし、彼はなかなか離してくれそうにない。だけど少しだけ腕の力が弱まったため顔を上げる。すると彼が甘い瞳を私に向けていて、恥ずかしさが込み上げた。

「これからは、理穂って呼んでも？」

「……も、もちろんです」

とは言うものの、名前呼びなんていよいよ私の心臓は持つだろうか。

返事をすると、永瀬さんは目尻に皺《しわ》を作って笑った。

「理穂」

唐突に名前を呼ばれ、本当に私の心臓は止まりそう。それでも永瀬さんの可愛い笑顔を目に焼き付けたくて視線を逸らすことができなくなる。

「これから敬語はなくしましょうか。理穂も名前で呼んでください」

「……えっ!?　私が永瀬さんをですか!?」

思いがけない提案に大きな声で言った私を見て、彼はクスリと笑う。

「はい。……じゃあ今から敬語はナシで。いい？　理穂」

「……っ」

だめだ、いきなり名前呼びに敬語ナシなんて。でも名前で呼ばれたら本当に彼と両想いになれたと実感できた。呼び方ひとつでこんなにも変わるんだ。だったら……。

「すみません、私は慣れるまで敬語のままでもいいですか？　……陽平君」

諒哉君の真似をして君付けで呼んでみたところ、彼は大きく目を見開いてなぜか照れくさそうに目を逸らした。

「諒哉に散々〝陽平君〟って呼ばれているのに、理穂に言われると色々とやばいな」

「や、やばいですか？」

やっぱり陽平君って呼ぶのはやめたほうがいい？

「陽平さんのほうがいいですか？」

「いや、陽平君のほうがいい」

すると陽平君はそっと私の髪を撫でた。

「これからよろしく、理穂」

甘い顔で言われ、胸がきゅんとなる。

「はい、よろしくお願いします」

私、本当に陽平君の彼女になれたんだ。初恋が実ったんだ。そう思えば思うほど嬉しさが溢れてきて頬が緩む。

すると陽平君はゆっくりと顔を近づけてきた。

キスだ――。そう理解すると同時に、ギュッと目を閉じた。その瞬間、唇に触れた温かな感触。

触れるだけのキスに胸の奥から甘く痺《しび》れていく。

固く閉じた目をゆっくり開けると、目と鼻の先に大好きな彼が幸せそうに微笑んでいて、余計に胸は苦しくなる。

「ごめん、理穂が可愛くて我慢できなかった」

が、我慢って……！　陽平君の口から出たとは思えない言葉に、耳を疑う。

「い、いいえ！　嬉しかったです！」

突然でびっくりしたけれど、初めてのキスが陽平君とで幸せ。

その思いを伝えたくて言ったところ、陽平君は苦しげに顔を歪めた。

「そういうことを言われると、もっと我慢できなくなる」

「え？　……えっ？」

深いため息を吐きながら言った陽平君は恨めしそうに私を見て、頬にそっとキスを落とした。

思わずキスされた頬を手で押さえたら、陽平君は口元を緩めた。

「これ以上はお兄さんに怒られそうだ。ただでさえ約束を破ってしまったし」

陽平君に言われて兄のことを思い出し、室内にある時計に目を向けた。兄が出ていってからそろそろ三十分が経とうとしている。

「続きは犯人を捕まえて、お兄さんに認めてもらってからだ」

名残惜しそうに陽平君は、次に額にキスをした。

両想いになった陽平君ってこんなに甘いの？　スキンシップも多くない？　これが普通なの？

好きになったのは陽平君が初めてで、すべてが未体験でわからない。でもこれが恋人にとって当たり前のことなら、私も陽平君に触れたい。

その気持ちが強くなり、思い切って彼の頬にキスをした。

「理穂……」

まさか私からキスされるとは夢にも思わなかったようで、陽平君は固まった。

「私も陽平君に触れたかったんです。……だめでしたか？」

そんなに驚かれると不安になる。

「だめなわけないだろ？　嬉しくて心臓が止まりそうになっただけ」

再び彼の顔が近づいてきた。そのスピードに合わせるように目を閉じようとした時。

「時間だ！」

勢いよく玄関のドアが開く音がして、私たちは急いで離れて立ち上がって兄を出迎えた。

そのまま、リビングのドアも大きな音を立てて開けて入ってきた兄は、並んで立つ私たちを見て陽平君に鋭い目を向けた。

「どうしてふたりとも立っているんだ？」

「それはお兄ちゃんが来たから出迎えるためでしょ？」

このままここにいたら、色々と兄に詮索をされそうだ。

「お兄さん、理穂さんと話をする時間をくださり、ありがとうございました」

陽平君は兄に向かって丁寧に頭を下げたまま続けた。

「お兄さんのおかげで、理穂さんと気持ちを確かめ合うことができました」

彼の言葉を聞き、すぐさま兄は私を見る。

「そうなのか？　理穂」

誠実な陽平君らしく、ちゃんと兄に話してくれた。面倒ごとになると思って早く兄を連れて帰ろうとしていた自分が恥ずかしい。

「うん、陽平君と付き合うことになったの」

照れくささを感じながらも陽平君と同じように自分の口から伝えたところ、兄は悲しそうに口をへの字に曲げた。

「これから先、なにがあっても理穂さんのことを守っていきます。ですからお兄さん、理穂さんとの交際を認めていただけませんか？」

どこまでも誠実な彼に対し、兄は涙目で「まだ認めん！」と叫んだ。そして勢いよく私の腕を掴む。

「お兄ちゃん!?」

陽平君に失礼な態度をとった兄を引き止めようとしたが、強い力で引かれた。

「いいか？　俺は幼い頃からずっと理穂を守ってきたんだ。それなのにいきなり他の男に渡せるわけがないだろう！　……俺にも時間が必要だ」

つまり兄は今はまだ気持ちの整理ができないから、少しだけ待っててってこと？　認めてくれないわけじゃないんだ。

不器用な兄の心情を理解したのか、陽平君は「わかりました」と答えた。

「ですが、犯人が見つかるまでは俺にも理穂さんを守らせてください」

「アリバイ調査でも、お前の潔白は証明されたし認める。全力で理穂を守れよ」

「もちろんです」

ちょっぴり兄の態度には納得がいかないけれど、シスコンの兄にはこれが精いっぱいの譲歩なのかもしれない。

それにきっと兄は、私の幸せを誰よりも強く願っているから陽平君のことを認めてくれようとしているんだよね。

陽平君も兄の気持ちを察したのか、頭を下げた。

「ありがとうございます。理穂、なにかあったらいつでも連絡をくれ」

「はい、わかりました」

見つめ合う私と陽平君が気に食わないのか、「帰るぞ」と言った兄に私は連れ帰られてしまった。

だけどその日の夜、陽平君からメッセージが届いた。

そこには愛の言葉と私を心配する言葉が綴《つづ》られていて、想いが通じ合ったのは夢じゃない、現実なのだと実感できた。

それと同時に彼も守ってくれるという安心感に包まれた。

かけがえのない人

陽平君と両想いになった次の日。兄に会社まで送ってもらい、いつものように仕事をこなしていく。

そして迎えた昼休みに、私は一目散に凛子のもとへと駆け寄った。

誰よりも先に陽平君に彼女はいなかったこと、それと恋人になれたことを伝えたい。

「凛子、休憩入れる？」

「入れるけど……え、どうしたの？」

困惑する凛子を連れて、誰もいない会議室でランチをすることにした。今日も凛子は私に付き合うつもりでお弁当を持参していた。

「それで？　こんなひと気がないところまで連れて来てまで話したいことってなに？」

興味津々の凛子に、昨夜のことを話した。

「嘘、ちょっと待って。頭が追いつかない。でもとにかくおめでとう！」

「ありがとう、凛子」

自分のことのように喜ぶ彼女に、幸せな気持ちになる。

「でもそっか、彼女だと思っていた人は幼なじみだったか。それにしてもなに？　向こうも新一さんのことを理穂の彼氏だと勘違いしてたなんて。似た者同士すぎる」

そう言って笑う凛子に苦笑い。

「本当だよね。お互い勘違いしていたんだから。もっと早くに告白していればよかった」

「ふふ、そうだね」

お弁当を食べ進めながら、話は犯人のことになる。

「新一さんもなんだかんだ言って認めてくれそうだし、あとは犯人が早く捕まるといいね」

「……うん」

兄が捜査を続けているが、これといった手掛かりは見つかっていないそう。

「でもこれからは新一さんだけじゃなくて、彼も理穂のことを守ってくれるだろうし、心強いんじゃない？」

「うん。陽平君もお兄ちゃんにそう言ってくれたの」

「えぇー、なにそれ。宣言しちゃうとか、かっこいい」

そうなのだ。昨夜、帰宅後にすぐ彼から連絡がきた際に、兄の連絡先を教えてほしいとも言われた。

それで陽平君は兄と直接話をして、兄が一緒にいられない時は、私を守ると宣言してくれたそう。

兄も抱えている事件が多くて家に帰れないこともあるため、了承してくれた。

今日の陽平君は当直勤務だから私は兄のマンションに帰り、明日は会社まで迎えに来てくれて、彼の部屋で過ごすことになっている。

「付き合い始めてすぐに彼の家に泊まるなんて、ドキドキしちゃうんじゃない？」

「それは、まぁ……。でもきっと陽平君は誠実な人だから、お兄ちゃんに言われたし犯人も捕まっていないもの。そういう雰囲気にはならないと思う」

なったとしても心の準備ができていない私は困る。今はただ、同じ時間をともに過ごせるだけで充分だ。

「そっか、そうだよね。本当、早く犯人が捕まるといいね」

「……うん」

プリンの散歩だってひとりでは行けていない状態だ。きっとプリンにもストレスを与えているだろう。早く以前のような生活に戻りたい。

その後も陽平君とのことを根掘り葉掘り聞かれながら昼食を終え、午後の勤務が始まって少し経った頃。

「相庭、ちょっといいか？」

「はい」

呼ばれて部長のデスクまで移動する。すると部長は周囲に聞こえないよう声を潜めた。

「社長がお呼びだ。相庭と話がしたいそうだ」

「……え？」

社長とは挨拶を交わしたり、会議の際に話したりする程度だ。社長室に呼ばれることなど今まで一度もなかった。もしかして私、重大なミスをした？

「ちなみに、お咎《とが》めではないから安心するといい。待たせないよう早く行きなさい」

「あ、わかりました」

仕事でなにかやらかしたわけではない？　いいことで呼ばれたとか？　それともプライベートなこと？　それなら陽平君とのことだろうか。

とにかく部長に言われた通り、急いで一階上の社長室へ向かった。

「悪いね、相庭さん。忙しいのに呼び出したりして」

「いいえ、大丈夫です」

初めて入った社長室に緊張で手が震える。秘書に案内されて部屋の真ん中にあるソファに腰を下ろした。

するとすぐに秘書は珈琲とお菓子をテーブルに並べていく。

「なにかございましたらお呼びください」

「ありがとう」

社長が手を上げてお礼を言うと、秘書は丁寧に一礼をして出ていった。するとさっきまでキリッとしていた社長の表情が一気に緩む。

「諒哉の件では迷惑をかけたね、理穂ちゃん」

「……へ？」

これまでは〝相庭さん〟呼びだったのに、社長に諒哉君と同じように〝理穂ちゃん〟と呼ばれるとは夢にも思わず、間抜けな声が出てしまった。

「いやー、毎日のように諒哉から理穂ちゃんとプリンの話を聞かされているからさ、早く会いたくてたまらなかったんだ。もっと早くにお礼をするべきだったのに、帰国して一ヵ月、仕事が立て込んでいてね。遅くなって悪かった」

「えっと……」

あまりのフレンドリーさに拍子抜けしてしまう。すると社長はニヤニヤし始めた。

「それに俺たち、家族になるのも時間の問題だろ？　あ、理穂ちゃんが義姉《ぎし》になるわけだから、敬語で話さないといけなくなるか？」

家族って……。つまりそれは、私と陽平君が結婚するってことだよね？

「しゃ、社長ってばなにを言ってるんですか」

陽平君とはまだ昨日やっと両想いになれたばかりだ。それなのに、結婚だなんて。

私が過剰に反応したのがいけなかったのか、社長は面白そうに続ける。

「え？　兄さんは理穂ちゃんと結婚するつもりだと思うよ。だから俺にもすぐ報告をしてきたわけだし、なにより理穂ちゃんのことをすごく大切にしているのが伝わってきた」

しみじみと言われ、恥ずかしくて身体中が熱くなる。

でもそっか、陽平君……社長に昨夜のうちに報告をしてくれたんだ。

嬉しくて頬が緩む私を見て、社長は目を細めた。

「諒哉も本当に世話になったね。今回、急な出張で初めて兄さんに預けることになったから迷惑をかけないか、兄さんと仲良くできるか不安だったんだ。理穂ちゃんとプリンのおかげで楽しかったみたいでさ。安心したを通り越して、軽くジェラシーを感じているよ」

そう話す社長の目は笑っていなくて、本気で嫉妬したのが伝わってきて返答に困る。

「えっと、私も諒哉君のおかげで充実した日々を過ごすことができました。ありがとうございます」

「いや、こっちこそ本当にありがとう」

そう言うと、社長は急に真剣な面持ちを見せた。

「それと、理穂ちゃんを過保護に愛する兄さんから頼まれたんだ。社内では俺が理穂ちゃんのことを守ってくれって」

「えっ？　あ、もしかして陽平君、社長に事件のことを……？」

聞き返したところ、社長に「陽平君？　陽平君って呼んでいるの!?」と意外なところに反応された。

「……はい」

うっかり言ったのがまずかった。しかし事実なのだから認めると、社長は「今度俺も陽平君って呼ぼう」なんて言う。

「おっと、話がずれたね。そう、事件のことは兄さんから聞いたんだ。犯人がわからない以上、しばらくは会社でできる仕事を回すよう部長にも通達しておいたから」

「そんな、でも……」

「いいから、これは社長命令だ。俺の会社の社員が事件に巻き込まれたんだ。安全を第一に優先する。それに社内でもできる仕事はあるだろ？　今、理穂ちゃんにできることを精いっぱいやってくれたらいい。……部長にも事情を説明してもいいかな？」

「はい、それは大丈夫です」

部長は信用できるし、他の人に話すような人でもない。

「了解。部長もきっと話したら同意見だと思うから、用心するに越したことはない。その代わり、事件が解決したらまた外でもしっかり働いてもらうから」

「社長……」

いいのかな？　そんなに甘えてしまっても。だけど、正直助かる。どうしても打ち合わせや現地視察など、社外に出なくてはいけない業務がこれから増えてくるから。

「部署のみんなには、部長からうまく説明してもらうようにして、しばらくはそれで様子を見よう」

「ありがとうございます」

本当に私は周りに恵まれた。困った時には助けてくれる仲間がいる。こんなに幸せなことはない。

「そうだ、理穂ちゃん。もっと大事な話があったんだ」

「なんでしょうか？」

これ以上に大事な話と言われ、一気に緊張感が増す。社長も強張《こわば》った表情になるから余計に。

「いいか？　しばらくの間は絶対に、諒哉に理穂ちゃんと兄さんが付き合っていることを言わないでくれ」

「……え？」

どんな話かと思っていたから気が抜けてしまった。しかし社長にとっては重要な問題らしく、真剣な表情で続ける。

「諒哉はまだ純粋な子供なんだ。大きくなったら理穂ちゃんと結婚してプリンと一緒に暮らすなんて可愛いことを言っている」

「諒哉君がですか？」

まさか結婚したいと思うほど好いてくれているなんて、驚きを隠せない。

「あぁ。伯父《おじ》に似て相当理穂ちゃんに惚れ込んでいるみたいだ」

またからかい口調で言う社長に「もう、なに言ってるんですか」と突っ込みたくなる。

「だからさ、しばらくは秘密にしてくれ。可愛い息子の夢を壊したくないんだ」

なんとなくだけど、諒哉君が私と結婚したいと思っているのは、プリンと一緒に暮らしたいって気持ちのほうが大きい気もするんだよね。

でも、たとえそうであっても好いてくれているのは事実だろうし、私も諒哉君のことが好きだから嬉しい。

「わかりました、諒哉君には言いません」

「ありがとう、助かるよ。そうだ、今度また諒哉と会ってやって。本当に毎日のように理穂ちゃんとプリンに会いたいってうるさくてさ」

うんざり顔で言う社長だけれど、諒哉君に対する愛情がヒシヒシと伝わってくる。

諒哉君にとって社長はすごくいいパパなんだろうな。

陽平君に会いたくない一心で、諒哉君を避けるかたちになってしまった。現に誘われても断っていたし。無関係なのに、プリンに会いたいと思ってくれた諒哉君を傷つけてしまったよね。

これからはちゃんと会って、今よりもっと仲良くなっていきたい。

「はい、ぜひ」

「ありがとう。……それと今さらだけど、兄さんのことをよろしくお願いします」

すると社長は私に向かって頭を下げた。

「社長？　顔を上げてください」

社長に頭を下げられたら恐縮してしまう。しかし社長は顔を上げることなく続ける。

「兄さんは父が亡くなってから、俺と母を支えてくれたんだ。忙しいはずなのに、働きに出ていた母に代わって家のことをやって、俺の面倒も見てくれた。そんな兄さんには幸せになってほしい」

「社長……」

陽平君からお父様が亡くなったことは聞いていたけれど、きっと大変な思いをしてきたのだろう。

社長の話を聞いてますます彼を好きになったし、これからは私が支えていきたいとも思う。

ゆっくりと顔を上げた社長は「これ、兄さんには内緒にしてくれ。恥ずかしいから」と照れた様子で言った。

「そういうわけでさ、俺は一刻も早く兄さんの幸せな姿が見たいんだ。まぁ、なにより理穂ちゃんと一緒にいる時の兄さんを見て、からかいたい気持ちのほうが大きいけど」

社長はなにかを企てていそうな悪い顔をしている。仲が良い兄弟なのだろう。私も陽平君と社長がどんなふうに接しているのか見てみたい。

「もちろん事件が落ち着いてからにしよう。……その日を楽しみにしているよ」

「はい、ありがとうございます」

その後、オフィスに戻って少し経つと、今度は部長が社長に呼ばれた。戻ってきた部長は私が強盗に入られ、外に出ることに対して不安があるとみんなに説明。

するとみんなから声をかけられ、喜んで協力すると言われて思わず泣いてしまった。

その後にミーティングが行われ、仕事の分担を見直すことになった。社外に出なければいけない仕事を任せる分、社内でやる仕事はできる限り引き受けさせてもらった。

迷惑をかけた分、犯人が捕まったらもっと頑張らないと。だから今は自分にできることをやろうと決め、仕事に取りかかった。

翌日は、陽平君が会社の玄関先まで迎えに来てくれた。

「お疲れ様、理穂」

「ありがとうございます」

顔を合わせるのは恋人になった一昨日以来。たった一日会わなかっただけなのに、長い間会っていなかったように感じる。

「帰ろうか」

「え？　あっ」

するとと陽平君はナチュラルに私の手を握って歩き出した。大きな手がしっかりと私の手を掴んで離さない。

「あの、陽平君？」

まだここは会社の前。これ、知っている人に見られたら明日には部署内に噂が一気に広まるやつだ。そう言いたいのだが、ドキドキして言葉が続かない。

「駐車場まで手を繋いでいこう。……もしかしたら、犯人が見ているかもしれないだろ？」

コソッと小声で言われ、一気に緊張がはしる。

「とにかく外を歩く時は、なにがあるかわからない。心配だから手を繋いでくれ」

「……はい」

そうだ、今この瞬間もどこかで見られている可能性もある。急に襲われることだってあるんだ。手を繋いでもらったほうが安心する。

手を繋いだまま車に乗り、彼が発進させてやっと緊張の糸が解けた。

「はい。……だめですね、なんかみんなによくしてもらって変に安心しちゃったみたいで、気が抜けていました」

「いや、それはいいことだ。安全な場所では普段通り過ごしたほうがいい」

その流れで社長に言ってくれたことに感謝の思いを伝え、会社のみんなの優しさが嬉しかったことなど話していく。

「剛志が早急に動いてくれてよかった」

「はい、本当にありがとうございました」

「いや、俺はただ剛志に言っただけだ。理穂の人望があってこその同僚の対応だろう」

好きな人に褒められて、胸の奥がむず痒《がゆ》くなる。

「えっと……ありがとうございます」

なんて言ったらいいのかわからなくてお礼を言ったら、陽平君に笑われてしまった。

それから他愛ない話をしながら一度兄のマンションに寄ってプリンを迎えに行き、それから彼の部屋に向かった。

「プリン、覚えているかな」

「大丈夫か？」

キャリーバッグを開けると、すぐにプリンは出てきた。何度かお邪魔しているから覚えているようで、匂いを嗅いで回っている。

「くぅーん……」

「どうしたの？　プリン」

悲しそうに鳴きながら私のもとに駆け寄ってきた。

「もしかして、俺と一緒に諒哉がいなくて寂しいのか？」

「……そうかもしれません」

プリンは諒哉君にすごく懐いていたもの。

「ごめんね、プリン。今度は会わせてあげるからね」

「そうだな、犯人が捕まったら諒哉にも会いに行こう」

ふたりでプリンの頭を撫でながら慰めていると、インターホンが鳴った。

「誰だろう」

急な来客のようで、陽平君は少し警戒しながら相手を確認する。

「え？　有希？　ちょっと待っててくれ」

どうやら有希さんが来たようで、エントランスまで迎えに出た。約束はしていなかった様子だ。ふたりは幼なじみとわかったけれど、急に来た理由が気になる。

再び玄関のドアが開く音とともに、女性の「お邪魔します」の声が聞こえてきた。

するとプリンはびっくりして、私に飛びついてきた。そんなプリンを抱っこして来客を出迎える。

すると陽平君と一緒にリビングに入ってきた有希さんは、笑顔で走り寄ってきた。

「初めまして、明石《あかし》有希といいます。陽平に好きな子ができたって聞いた時から、ずっと会いたくてたまらなかったんです！　それなのに変な誤解をさせてしまったようで、ごめんなさい。一刻も早く謝りたくて、突然押しかけてしまいすみません」

「いいえ、私が勝手に誤解したんですから気になさらないでください」

笑顔になったり落ち込んだりと、表情が豊かで愛らしい人だ。それに気さくで親しみやすい。

「陽平、理穂ちゃんいい子すぎるし、可愛いんだけど！　どうしたらいい？」

「知るか」

軽快なやり取りを見て、ふたりは本当に幼なじみなんだと思った。

「あ！　ごめんなさい、いきなり名前呼びとか失礼でしたね。でもできれば理穂ちゃんって呼びたいんですけど、いいですか？　あ、私のことも気軽に有希ちゃんって呼んでくださいね」

ぐいぐいくる彼女に、やや引いてしまう。

「有希、いい加減にしろ。理穂がびっくりしているだろ？」

陽平君に止められ、有希さんはハッとなる。

「ごめんなさい、私興奮するといつもこうで。……こんな私だけど、仲良くしてくれるかな？」

本当に表情がコロコロと変わっていく。恐る恐る聞いてきた彼女は悪い人には思えない。それに仲良くしたいと思ってくれて嬉しい。

「はい、私でよければぜひ仲良くしてください。……えっと、有希ちゃん」

呼んでほしいと言われた通りに呼んでみると、彼女は目を輝かせた。

「どうしよう、嬉しすぎる。ありがとう理穂ちゃん！　あ、そうだ！　今日はね、うちの弁当屋特製のオードブルを持ってきたの」

「有希の実家は弁当屋なんだ。幼い頃、母さんが仕事でいない時によくおかずを分けてくれたりした。有希の親父《おやじ》さんに料理を教わったりもしたんだ」

「そうだったんですね」

ふたりの関係性を疑ってはいないけれど、私の知らない陽平君を有希ちゃんは知っていると思うと、ちょっぴり妬《や》けてしまう。

「お父さんの作る料理は陽平のより格段に美味しいので、ぜひ食べて！　じゃあお邪魔虫はさっさと退散しようかな」

　すると有希ちゃんは、急にハッとしてポケットからスマホを取り出した。

「理穂ちゃん、連絡先交換しよう！　それで今度遊ぼうね。その時、私の知っている陽平のすべてを教えてあげるから」

「本当ですか？　ぜひ」

　それはなにがなんでも聞かせてほしい。

「おい、有希。あることないこと理穂に言ったりするなよ？」

「えぇー。私は事実しか言わないし」

「そう言って変なことを言いそうなんだよ」

　普段は見せない陽平君の無邪気な笑顔に、やっぱり軽くジェラシーを感じる。でも過去はどうしても変えることはできない。

　陽平君と有希ちゃんが過ごしてきた時間に、私はどう足掻《あが》いたって関わることは無理だ。でも未来はいくらでも一緒に過ごすことができる。

　これから多くの時間をともに過ごして、思い出をたくさん作っていこう。

　そう思ったらふたりの仲睦まじいやり取りを見ても、不思議と嫉妬しなくなった。

「それじゃ理穂ちゃん、近々女子会しようね」

「はい、楽しみにしています」

有希ちゃんの滞在時間は三十分程度。私と連絡先を交換して軽く陽平君と言い合いをした後、すぐに帰っていった。

「騒がしいやつでごめん。それよりも連絡先を交換してよかったのか？」

「有希ちゃん、明るくて可愛らしい人ですね。仲良くなりたいって思ったので今度会えるのが楽しみです」

私の話を聞き、陽平君はホッとした様子。

「突然ごめんな。……有希も理穂に勘違いさせたことをずっと気にしていたみたいで。だけど予想以上に騒がしくて、迷惑だったたかもしれない。すまなかった」

陽平君も有希ちゃんも私のことを考えてくれたのが嬉しくて、笑みが零れる。

「ありがとうございます。もう陽平君と有希ちゃんの仲を疑いません」

「それならよかった。そうだ、早く食べよう。お腹空いただろ？」

「はい」

それからふたりでテーブルを囲み、有希ちゃんの実家のオードブルを食べた。ローストビーフやごま団子、煮物にサラダとバランスの良い料理の数々は本当にどれも美味しくて、いつも以上に食べ過ぎてしまった。

「お腹いっぱいです。ごちそうさまでした」

「けっこう量があったな」

「はい」

さすがにふたりでは食べきれず、せっかくだから兄にも食べてもらいたいということで、陽平君が綺麗にプラスチック容器に詰めてくれた。

「明日忘れずに持って帰って」

「ありがとうございます」

使ったお皿やコップなどをふたりで片づけ、陽平君が淹れてくれた珈琲を飲みながら、ソファに座ってゆっくりテレビを見る。

お互い好きなバラエティー番組の放送時間で、視聴しながら時には声を上げて笑う。でも時々肩と肩が触れてドキッとして、テレビに集中できなくなる。

そんな時間も幸せで、このままずっと一緒にいたいと願ってしまう。

「そうだ、剛志から聞いたかもしれないけど、今度また諒哉と会ってほしい」

「もちろんです。どこかに行きましょうか」

誘ってもらった時に断った分、様々な場所に諒哉君を連れて行ってあげたい。

「そうだな。……諒哉は生き物が好きだし、次は水族館に連れて行ってやろうか」

「いいですね、絶対諒哉君喜びますよ」

大はしゃぎする諒哉君の姿が容易に想像できて、クスッと笑った。

「その日は俺と理穂で諒哉に弁当を作ろう」

「ナイスアイデアですね、ぜひ作りましょう」

何気ない会話も楽しくてたまらない。それにこうして出かける約束ができることが幸せだ。

その後も他愛ない話をしながら盛り上がる。そして時刻は二十三時前。

「そろそろ風呂に入って寝ようか」

「あ……そう、ですね」

私も陽平君も明日は仕事だ。早く寝ないと明日に響く。

彼はすべてが解決してからにしようって言っていたし、兄にも強く言われていた。

だからなにもないとわかってはいるけれど、つい緊張してしまう。

そんな私の心情を察してか、陽平君はわざとらしく咳払いをした。

「言っておくが、お兄さんとの約束はちゃんと守るから安心してくれ。寝る部屋も別にした。だからそんな怯えないでほしい」

少しだけ悲しげな声で言いながら、陽平君はそっと私の髪を撫でた。

「え？　そんな……！　違います、怯えてなんていません！　ただ、その、緊張しているだけで、決して嫌というわけではなくて……」

勘違いされたままが嫌で必死に説明していると、彼は戸惑いの色を見せた。

「そっか、嫌じゃないのか」

「えっと……はい」

正直言って陽平君と触れ合うことは全然嫌じゃない。ただ緊張して恥ずかしいだけ。言葉にして伝えたら一気に身体中が熱くなり、居たたまれなくなる。

「だからその時が来たら、よろしくお願いします」

沈黙がつらくて言ったところ、陽平君はクスリと笑った。

「あぁ、その時がきたら覚悟してくれ」

そのまま抱きしめられ、旋毛《つむじ》にキスが落とされた。

「ひゃっ」

思いがけないところにキスされて、変な声が出た。

「くすぐったかった？」

「……はい」

「それはごめん」

口では謝っているのに、彼はまた旋毛にキスをした。そして最後にギュッと私を抱きしめると、ゆっくりと離れていく。

さっきまで彼のぬくもりに包まれていたから寂しさを感じる。

「風呂沸かしてくるから、ゆっくりしてて」

「すみません、ありがとうございます」

「どういたしまして」

気にしないでと言うように、私の肩をポンと叩いてリビングから出ていった。その瞬間、幸せのため息が零れた。

想いが通じ合った後の陽平君は今まで以上に優しくて、なにより愛情表現がダイレクトに伝わってくる。

これから先もずっとこんな日が続いたら私の心臓は持つだろうか。ドキドキし過ぎて止まりそうだ。

その後、陽平君は私を先にお風呂に入れてくれて、「理穂の綺麗な髪を乾かしてみたい」と言って、ドライヤーで乾かしてくれた。

その手つきも優しくて、ウトウトしてしまうほど。

陽平君がお風呂に入っている間はテレビを見て過ごし、そしていよいよ寝る時間になる。

「理穂はこの部屋を使って」

彼が案内してくれたのは客間。社長が泊まりに来た時用の部屋のようだ。

「ありがとうございます」

私のために綺麗にベッドメイキングされている。ぐっすり眠れそうだが、さっきからずっと寂しさを感じていた。

別々の部屋で寝るのは当たり前なのに、離れがたいというか、もっと一緒にいたいというか……。同じところにいるのに、別々に寝るのが嫌なのかもしれない。

「それじゃ、おやすみ」

「はい、おやすみなさい」

だけどそんなわがままなど言えるわけもなく。挨拶を交わして背を向けた彼の服の裾を、私は無意識のうちに掴んでいた。

「……理穂？」

戸惑いながら私の名前を呼ぶ彼の声に我に返り、急いで離した。

「ごめんなさい」

もう、なにやってるのよ私。どうして引き止めたりしたの？

申し訳ない気持ちでいっぱいになり、視線が下がる。すると彼が私の手を握った。

「もしかしてひとりで眠るのが怖いのか？」

「えっ？」

顔を上げると、心配そうに私を見つめる彼と目が合う。

「そうだよな、あんなことがあったんだ。……こっちおいで」

「あっ……」

そのまま手を引かれ、向かった先は寝室。彼が普段使っているベッドだった。

「ゆっくり眠りたくてダブルサイズのベッドを使っているから、狭くないと思うんだ」

そう言うと陽平君は私を寝かせて、自分も横になった。そして優しく布団をかけると、まるで子供を寝かしつけるように胸をトントンと叩いてくれた。

えっと、今はどういう状況？　私、陽平君と同じベッドで眠っているの？

「もし怖い夢を見たら、遠慮なく起こしてくれていいから」

困惑していたのに、彼に優しい言葉をかけられたら、不思議と落ち着いていく。なにより今日は仕事だったからかな？　すごく眠くなってきた。

まどろむ意識の中、もっと温かなぬくもりを感じたくて姿勢を変えて彼の胸に顔を埋めた。

「り、理穂……？」

頭上からは彼の戸惑う声が聞こえてきたが、眠気が強くて私は彼の背中に腕を回した。

「おやすみなさい」

「おやすみって……おい、理穂？」

慌てる陽平君の声を聞きながら、私は深い眠りに就いた。

次の日、目が覚めると隣に陽平君はいなかった。不安になって寝室を出ると、すでに起きていた彼は美味しそうな朝食を作ってくれていた。

そしてなぜか寝不足気味の陽平君にその理由を聞いてみたところ、私が寝惚《ねぼ》けてずっと陽平君に抱きついていたため、眠れなかったとのこと。

申し訳なくて平謝りしたけれど、彼には「これは俺の事情だから謝らなくていい」と言われてしまった。

その意味が最初はわからなくて、あとで凛子に聞いたところ、「陽平君が不憫《ふびん》すぎる」と言って教えてくれた。

話を聞いた私は当然恥ずかしくなり、凛子に「その日のために、もっと勉強したほうがいい」と言われた通り、こっそりと調べ始めたのは言うまでもない。

それから少しずつ暑さを感じ始めて二週間が過ぎた頃。犯人への手掛かりは一向に掴めず、私は兄と陽平君の家にお世話になりながら過ごしていた。

私と陽平君のことは職場のみんなに知れ渡り、色々とからかわれることも増えたものの、それにもまた幸せを感じる。

そして誰かに接触されることも、外を歩いている時に視線を感じることもなく、少しだけ心に余裕が生まれていた。

もちろんまだ油断するべきではないとわかってはいるけれど、あと一ヵ月ほどなにもなければ、通常勤務に戻してもらってもいいのではないかと考え始めていた。

この日の仕事終わり、会社まで迎えに来てくれたのは陽平君だ。当直明けで明日は休日。私も彼に合わせて明日は有休をとった。ふたりで映画を見て、美味しいご飯を食べに行く予定だ。

なんでも、陽平君からサプライズを用意したと言われ、楽しみで仕方がない。

会社の玄関を抜けた先で、陽平君は待ってくれていた。

「お待たせ、陽平君」

声をかけるとすぐに笑顔を向けてくれた。

「お疲れ、理穂」

どんなに仕事で疲れていても、好きな人の笑顔を見たら元気になれる。明日はふたりで初めてデートに行くから余計かもしれない。

「今日の夕食は、シチューにしたんだけど大丈夫だったか？」

「いつもありがとう。うん、大好き」

「それならよかった」

自然と手を繋ぎ、彼の車が停めてあるパーキングへと向かう。すると遠くからけたたましいサイレンの音が聞こえてきた。その音は近づいてきて、数台の消防車が通り過ぎていった。

「火事かな？」

「そうみたいだ」

すぐにまたサイレンを鳴らして消防車が同じ方向に走っていく。多くの台数が向かっているのを見るに、大きな火事が発生したのかもしれない。

陽平君も同じことを考えていたのか、ポケットの中からスマホを手に取った。その瞬間、着信音が鳴る。

「悪い、理穂。ちょっと待っててくれ」

「はい」

手は繋いだまま足を止め、彼は真剣な面持ちで電話に出た。

「お疲れ様です、永瀬です。……はい、わかりました。直ちに出動準備に入ります」

やはり火災が発生したようだ。通話を切った彼は申し訳なさそうに私を見た。

「すまない、現場に向かわなければいけなくなった」

「もちろんですよ。私のことは気にせず行ってください」

「いや、そういうわけにはいかない。お兄さんも今日はいないんだ」

少し考えた後、陽平君はなにか閃《ひらめ》いたようでまたどこかに電話をかけ始めた。

「悪い、現場に向かわなければいけなくなったんだ。それで理穂をお願いしたいんだけど……。あぁ、助かる。じゃあ会社に送り届けるから頼む」

通話を切った彼は、驚くべきことを言った。

「剛志がぜひうちに来てくれって言うから、今夜は剛志のところで過ごしてくれ」

「えっ！　社長のご自宅ですか!?」

「あぁ、セキュリティは万全だし、諒哉もいる」

いや、社長の家なんて緊張するよ。……でも、ここで私が行かないと言ったら彼を困らせることになる。

安心して仕事に向かってほしい。だからここは申し訳ないが、社長にお世話になろう。

「わかりました。社長の家で諒哉君と一緒に陽平君の帰りを待っていますね」

「ありがとう、できる限り早く戻る」

再び来た道を戻っていき、会社で待っていた社長に私を送り届けると、陽平君は慌ただしく駆けていった。

どれほどの規模の火災なのだろうか。会社に戻る途中にも何台か消防車が通り過ぎていった。大きければ大きいほど危険もあるはず。

どうか陽平君が無事に帰ってきますようにと願うしかない。

それから私は社長とともに諒哉君を保育園に迎えに行った。私を見るなり諒哉君は大喜びで抱きついてきて、社長は嫉妬したみたい。

その後、兄のマンションに寄ってもらった。プリンを見た社長は少し怯えた様子だったが、プリンの愛らしさに表情を崩した様子でホッとした。

それから車を走らせること十分、社長の自宅は高級住宅街に佇《たたず》む、ひと際大きな家だった。三階建ての洋風の家で中も豪華な造りになっている。

「りほちゃん、こっちだよ」

諒哉君に手を引かれて室内を進むものの、インテリアも高そうなものばかりでプリンが走り回って壊さないか不安になった。

可哀想だけれど、キャリーバッグから出ないほうがいいのかもしれない。プリンも諒哉君のことをちゃんと覚えていて、会うなり尻尾を振って喜んでいたし、出したら間違いなく走り回るはず。

「諒哉、プリンと遊ぶなら二階に行きなさい」

「はーい！　りほちゃんもいっしょにいこう」

「うん」

諒哉君に案内されたのは、遊び専用の部屋。おもちゃしか置いておらず、十二畳はある広さ。ここならプリンが走り回っても大丈夫そうだ。

案の定キャリーバッグを開けるや否やプリンは飛び出して、諒哉君に抱きついた。そのままふたりは走り回って遊ぶ。諒哉君はプリンと遊びながら、陽平君に誕生日プレゼントでもらった消防車のおもちゃが、一番の宝物だと見せてくれた。

陽平君が消火に向かった火災のことが気になり、スマホで検索したところ、都内の商店街で大規模な火災が発生したようで、今も火は燃え広がっており、近隣住人は避難を余儀なくされているそう。この現場かはわからないけれど、不安になる。

鎮火の目処《めど》も立っておらず、多くの消防車が出動しているようだ。

「陽平君、大丈夫かな」

初めて出会った日、私を救ってくれた人だもの。きっと大丈夫だとわかってはいるけれど、やっぱり心配だ。

何度も陽平君の無事を祈りながら諒哉君とプリンとたくさん遊び、楽しい時間を過ごしてから夕食の席で社長の奥さんは仕事で不在だと聞いた。少し寂しそうにしていた諒哉君の希望で、私とプリンと三人で寝ることになった。

案内された客室でプリンとたくさん遊んで疲れたのか、諒哉君はベッドに入ってすぐに寝てしまった。

「可愛い寝顔」

諒哉君の髪を撫でていると、諒哉君が私と一緒に寝ると言った時の、社長のしょんぼりした姿を思い出して、笑みが零れた。

「陽平君にも教えてあげないと」

きっとこの話をしたら、「俺も見たかったな」って言うかもしれない。そんな想像をしながら私も眠りに就いた。

次の日の水曜日の朝、騒がしい声に目を覚ますと、すでに諒哉君は起きていてプリンと遊んでいた。

「おはよう、りほちゃん」

「おはよう。諒哉君、早起きだね」

ゆっくりと起き上がると、プリンと一緒に私のもとに駆け寄ってきた。

「うん！　プリンとりほちゃんがいるから、はやくおきたの」

「そっか、えらいね」

一緒に寝室から出てリビングに向かうと、すでに社長も起きていて朝食の準備をしていた。

「おはよう、よく眠れたか？」

「おはようございます。おかげさまでよく眠れました。すみません、準備手伝います」

すぐにキッチンに入って手伝おうとしたけれど、止められてしまった。

「大丈夫、ひとり分増えたところで大変じゃないから。それより諒哉の着替えをお願いしてもいいか？　着替えはどこにあるか諒哉がわかっているから。一緒に理穂ちゃんも着替えてきたらいい」

「わかりました。ありがとうございます。諒哉君、行こうか」

「うん、こっちだよ」

諒哉君に手を引かれて、衣装部屋へと向かった。諒哉君の着替えを手伝いながら私も着替えや身支度を整えていく。

「諒哉君の保育園の制服、かっこいいね」

紺色のブレザーに朱色のネクタイ。ズボンもチェック柄でおしゃれだ。

「ほんと？　やった」

かっこいいと褒められて、諒哉君はご満悦な様子。

諒哉君も着替えが終わり、ふたりでリビングに戻ると、ついていたテレビから昨日の火災のニュースが流れた。気になって足が止まる。

『それでは先ほど鎮火したばかりの火災現場から中継です』

キャスターの呼びかけで火災現場に映像が切り替わる。

「兄さんが行った現場じゃないかな？　かなり大きな火事だったんだな」

「そうみたいですね」

社長が朝食を食べさせるために諒哉君を椅子に座らせた時、彼のスマホが鳴る。

相手を確認すると、社長は「母さん？」と驚いた声を上げた。

「すまない、少し待っててくれ」

「はい、大丈夫です」

朝早くにかけてきたということは、なにかあったのだろうか。以前、ぎっくり腰は治ったと聞いたけれど、体調を崩されてたのかな。

気になって、つい耳を澄ませる。すると、少しして社長は「本当か!?」と大きな声を出した。思わず目線を向けると、目が合った社長が焦った様子で話し出した。

「ついさっき母さんのところに電話があったらしい。……兄さんが負傷して都内の秋山総合病院に搬送されたって」

「う、そ……」

陽平君が負傷？　どれくらいの怪我《けが》をしたの？　命に関わるものではないよね。どうしよう、ひどい怪我だったら。

テレビでは、引き続き火災現場の映像が流れていて、それを見ていたら居ても立ってもいられなくなった。

「すみません、社長。私行ってきます」

困惑している社長に告げ、貴重品を持って走り出した。

「行くって……？　あ、ちょっと理穂ちゃん!?」

背後から社長の呼ぶ声が聞こえてきたが、私は止まることなく家を飛び出した。タクシーを拾える大通りを目指して、住宅街を走り抜けていく。

大丈夫だよね、陽平君。大きな怪我をしていないよね？

負傷ということだから、命には関わらないのかもしれない。でも、身体に大きな傷が残る怪我だったら？　消防士を続けられないほどの怪我の可能性もある。

彼が消防士を目指した理由を聞いていたから、最悪な事態を想像しただけで胸が苦しくなる。どうか軽傷でありますように。

朝の静かな住宅街を進んでいくと、「おはようございます」と声をかけられた。

思わず足が止まり、声をかけてきた相手に目を向ける。それはどこか見覚えのある男性だった。

動揺しているから一瞬誰だか気づけなかったが、少ししてよくプリンの散歩中に出会う、マロン君の飼い主だとわかった。

「あ……おはようございます」

反射的に挨拶を返したが、彼の傍らにマロン君がいないことに気づいた。それにここは私たちがよく会う商店街や公園から離れた場所にある住宅街だ。彼がいることに違和感を覚える。

本能が危険を察知して少しずつ後退《あとずさ》ると、彼は笑顔のまま私との距離を縮めてきた。

「どうして浮気したの？」

「浮気って、どういう意味ですか？」

彼が近づくたびに私も一歩、また一歩と後ろに下がる。

散歩中に会う彼は、トイプードルを飼っている散歩仲間で、会ったら挨拶や少しだけ言葉を交わす程度の関係だ。

それなのにまるで私と付き合っているような口ぶりに、ある考えが脳裏に浮かぶ。

「俺という彼氏がいるのに、家に男を連れ込むなんてひどいじゃないか」

それを聞いて間違いない、彼が犯人だと疑惑が確信に変わる。一気に緊張が増す。

「俺たちが仲良くしていないと、マロン君とプリンちゃんだって悲しむよ？」

どうしたらいいのだろう。今すぐ走っても逃げ切れる自信はない。向こうは足が速いかもしれないし、逃げたら怒るかもしれない。

とにかく今は刺激しないように、通行人が現れるのを待つのが賢明だろう。隙を見て助けを求めるんだ。

背中を汗が伝うほど緊張しているというのに、いつになく冷静な自分がいた。とにかく今はなにも言わず、相手の話を聞こう。それでも彼と一定の距離を取る。

彼はずっと笑顔で、それが逆に怖い。なにか彼の逆鱗《げきりん》に触れることを言ったら、一変して襲われそう。

「だけど俺は優しいから、俺以外の男とプリンちゃんの散歩に行っても、変なガキを連れて遊びに行ったとしても許してあげるよ。だから早く俺と結婚しよう」

「なにを言って……」

奇想天外なことを言うものだから、思わず声を上げてしまった。その瞬間、彼からすっと笑みが消えた。

「だって理穂ちゃん、俺に笑いかけてくれたでしょ？　それは俺のことが好きだからだよね。だから俺は必死に理穂ちゃんのことを知ろうと努力をしたんだ。それと理穂ちゃんの安全を守るために、常に見守ってあげたんだよ」

当たり前のように話す彼が、ただ怖くてたまらない。

「こんなにキミを愛している男は俺だけだよ。これからも常に理穂ちゃんのそばから離れないで、一生守ってあげる。そのためにも早く結婚して仕事を辞めてね。そうしたら家でずっと俺の帰りを待っていればいい。そのほうが理穂ちゃんも幸せでしょ？」

そう言うと彼は一気に私との距離を縮めてきた。

「きゃっ」

悲鳴を上げたが、周囲に気づかれないようにするためか彼は私の口を塞いだ。

どうしよう、逃げなきゃ。でも怖くて足がすくむ。それに口を押さえられてしまったから、助けを呼ぶこともできないよ。

恐怖心で埋め尽くされていく中、陽平君が脳裏に浮かぶ。

助けて、陽平君。このままじゃ私、この人に連れさられてしまう。

「うん、いい子だね。じゃあさっそく俺の家に行こうか。あ、プリンちゃんはまた新たな浮気相手の家かな？　だったらまずはプリンちゃんを助けに行かないとね」

にっこり微笑んだ男に鳥肌が立つ。でも社長の家に戻れるのならいくらでも助けを呼べる。

「どうやって助けようかな。……いや、まずは理穂ちゃんを家に連れて帰ったほうがいいか」

男はブツブツと呟きながら、そっと私の耳に顔を近づけた。

「いいか？　手を離しても叫ぶなよ。叫んだらどうなるか、わかってるな？」

脅しをかけられ、私は何度も首を縦に振るしかなかった。朝早い時間のためか、通行人も現れない。どうにか逃げる方法はない？

必死に考えるが、怖くてうまく頭が回らなかった。

「いい子だね、よし帰ろう」

男は私の口から手を離し、肩に腕を回してきた。その時。

「理穂から離れろっ！」

背後から聞こえてきた声と同時に、男は吹き飛ばされた。すぐに逞《たくま》しい腕に身体を引き寄せられる。

「大丈夫か!?　理穂」

心配そうに私を呼ぶ声に安堵し、涙が零れ落ちた。

「陽平くっ……」

最後まで声が続かず、彼の制服を涙で濡《ぬ》らしながら必死に抱きつく。

「遅くなって悪かった」

悲痛な声で言うと、陽平君は強い力で抱きしめてくれた。大好きな人のぬくもりに触れて涙が止まらない。

陽平君が助けに来てくれた。もう大丈夫なんだ。

「痛《い》ってえなぁ。またお前かよ！」

陽平君に倒された彼は怒りを滲《にじ》ませながら立ち上がった。

「理穂」

すぐに陽平君が私を隠すように前に立つ。

「理穂ちゃんを返せ！　理穂ちゃんと俺は付き合っているんだ！」

「寝惚けたことを言うな。彼女を傷つけるようなやつには絶対に渡さない」

陽平君の話を聞いた男は、「ふざけるな！」と叫びながら向かってきた。

「陽平君！」

彼が殴られないか心配したのは杞憂だった。普段から鍛えている彼に男は敵《かな》うはずもなく、一撃をくらって伸びてしまった。

「大丈夫か？　理穂」

「私より陽平君は？　病院での治療は終わったの？　どこか痛んでいない？」

彼の身体が心配で、治療された傷や殴られていないか確認するも無傷なようで、胸を撫で下ろす。

「よかった。……本当によかった」

安心したらまた涙が溢れ出す。そんな私を見て陽平君は苦しげに顔を歪めた。

「それは俺の台詞《せりふ》だ。……理穂が無事でよかった」

ゆっくりと私の身体を引き寄せる彼の手は震えていて、それほど心配をかけてしまったのだと思うと胸が痛む。

「心配をかけてごめんなさい。でも私、陽平君が怪我をして病院に搬送されたって聞いて、居ても立ってもいられなくなっちゃって……」

「この通り、ぴんぴんしている。本当に軽傷を負っただけだったんだ。でもすぐに連絡しなくて悪かった。心配かけたな」

長い指が優しく拭うものだから、むしろ涙はなかなか止まってくれない。そんな私の背中を彼はそっと撫でる。

「もう二度とあんな怖い思いはさせない。なにがあっても理穂のことは俺が守るから」

安心したのと嬉しさと幸福感で、私は声を上げて泣いてしまった。

ほどなくして騒ぎを聞きつけた近所の人の通報によって、警察が駆けつけた。伸びている男は現行犯逮捕となり、連行されていった。

事情聴取のため、パトカーで警察署へ向かった。車内でも陽平君はずっと手を繋いでくれていて、警察署に着いてからも片時も離れず、そばにいてくれた。彼のおかげで、警察官にちゃんと話を伝えることができた。

もう陽平君は私にとっていなくてはならない存在になっている。この世界でたったひとりの、かけがえのない存在に――。

運命の人

警察署での当日の事情聴取は事件が事件だけに、必要最低限のものだった。加えて、連絡を受けた兄が駆けつけた。

私が怖い思いをしたのだから、その日のうちに事情聴取をする必要はなかった。後日、落ち着いてからでもよかったはずだと、とにかくご立腹だった。

所轄の警察官は冷徹警視と呼ばれている兄に頭が上がらないようで、見ていて申し訳なくなってしまった。

事情聴取の際に、犯人の犯行手口が明らかになった。セキュリティ万全だったマンションへは業者の服装でやって来て、住人が入るタイミングでうまく入り込んでいたそう。

犯人は鍵の修理屋で働いているようで、開けるのはお手の物。簡単に侵入できたとのこと。私の留守を狙って訪れては、盗聴器を設置したり私物を盗んだりして、犯行はエスカレートしていった。

しかし犯人に悪びれた様子はないようで、いまだに私の彼氏だから当然のことをしただけだ、逮捕されるのはおかしいと騒いでいるらしい。

「大変だったな、理穂。とにかく無事でよかった」

事情聴取が終わり、廊下に出るとすぐに兄が私を抱きしめた。

「ごめんね、心配かけちゃって」

「本当だ。こんな男のために家を飛び出すやつがいるか」

兄は隣に立つ陽平君に刺々しい声で言った。

「おい、いい加減に理穂の手を離せ」

「いいえ、理穂のことが心配なので離しません」

そうなのだ、今は陽平君に手を繋がれたまま兄に抱きしめられているというおかしな状況。

「もう俺が来たから大丈夫だ」

「お兄さんはまだ仕事が残っていますよね？　理穂のことは俺が責任を持って連れ帰るので安心して戻られてください」

「うっ……」

どうやら仕事を放って駆けつけてきたようで、兄は渋々私から離れた。

「そうだな、元々今日はお前に理穂を頼んでいたんだ。……最後までよろしく頼む」

「はい」

いつもだったらなかなか引かないのに、素直に私を陽平君に託したものだから驚きを隠せなくなる。

すると兄はわざとらしく咳払いをした。

「お前のことはやっぱり気に食わないが、今回は助かった」

そう言うと兄は陽平君に向かって深々と頭を下げた。

「お前がいなかったら、理穂も無事ではなかった。……助けてくれたことに感謝する。本当にありがとう」

「いいえ、俺は当然のことをしたまでです。理穂が無事でよかったです」

陽平君の言葉に顔を上げた兄は、視線を泳がせた。

「ふん、いい人ぶりやがって。……お前は両親も大好きそうな好青年だ。間違いなく気に入られるだろう」

「えっ？」

もしかしてお兄ちゃん、陽平君のことを認めてくれたの？

びっくりして彼と顔を見合わせる。すると兄は背を向けた。

「近々、理穂と両親のいる新潟に行くつもりだ。その日、お前も休みを合わせて一緒に来い。理穂と付き合う以上、結婚を前提とした交際でなければ俺は認めない。だから俺の前でしっかり両親に挨拶をしろ」

結婚って……！　お兄ちゃんってば先走りすぎ。そりゃいつかは陽平君と結婚できたらと思うけれど、まだ付き合って間もないというのに、陽平君だってこんなことを言われて戸惑うはず。

チラッと彼の様子を窺うと、そんな様子はなくてむしろ真剣な面持ちで兄を見つめていた。

「はい、もちろんです。交際をさせていただいているのですから、理穂さんとの将来を真剣に考えています。きちんとご両親へご挨拶をさせてください」

そこまで真剣に私との未来を考えてくれていたんだ。兄の言葉が変なプレッシャーになったわけではないんだよね？　彼の本心と捉えてもいいんだよね？

陽平君の気持ちが嬉しくて、目頭が熱くなる。

「ふん、当たり前だ。そうでなくちゃ理穂は渡せん。……理穂のこと、頼んだぞ」

「はい！」

陽平君の返事を聞き、兄はそのまま去っていった。

「兄がすみません」

「いや、そんなことない。お兄さんは理穂のことが大切でたまらないんだな」

「それが昔から嬉しい反面、困ることもありましたけどね」

兄が私を大切にしてくれているように、私にとっても兄はかけがえのない家族だ。

だから陽平君にそう言ってもらえて嬉しくなる。

「疲れただろう、大丈夫か？　会社には連絡を入れてある。剛志が明日は休んでいいと言っていたから早く帰ろう」

「すみません、ありがとうございました」

陽平君に肩を抱かれ、警察署を後にしてタクシーに乗り込む。

「そうだ、陽平君！　怪我は大丈夫ですか？」

一見怪我をしているようではないが、服の下に大きな傷があるのかもしれないと思って聞くと、彼は首を横に振った。

「本当に軽傷だ。救助の際にガラス片で腕を切っただけ」

服の裾を捲って見せられた腕には、包帯が巻かれていた。

「全然軽傷ではありませんよ。痛いですよね」

心配で聞いているというのに、陽平君はクスリと笑う。

「平気だよ、これくらいなんてことない。だから気にしないでくれ」

「でも……」

それでも心配で彼の腕から目を離すことができない。すると彼は私を安心させるように優しく手を握った。

「これからもずっと理穂と生きていきたいからわかってほしい。……俺の仕事はどうしても危険が伴う。しかし不測の事態に備えて日々鍛錬をしているし、怪我は勲章でもある」

そうだよね、私も命の危険から助けてもらった。あと少し遅かったら煙を多く吸って助からなかったかもしれない。そんな現場に陽平君は救助に行くんだ。

「今後も危険な現場に出動しなければいけないことが多くある。でも心配しないでほしい。絶対に理穂のもとに帰ってくるから。だから安心して待っていてほしい」

「陽平君……」

まるでプロポーズのような言葉に、息が止まりそうになる。

「わかった？」

甘い言葉で聞かれ、私は何度も首を縦に振る。

「わかりました。陽平君のことを信じて待ってます」

「あぁ、そうしてくれ。急いで理穂を迎えに行ったら、知らない男に捕まっていて、どれほど肝を冷やしたか……。何度も言うが、本当に無事でよかった」

私の肩に触れる彼の手は震えていて、本当に心配してくれたのが伝わり、胸が痛くなる。

「ごめんなさい」

申し訳ない気持ちでいっぱいになり、そっと彼に体重を預けた。陽平君はそれ以上なにも言わず、ただ私のぬくもりを確かめるようにひと時も離れなかった。

マンションに着き、少し気まずい空気のままエレベーターに乗り、彼の部屋へと向かう。

本来なら今日はデートに行く予定だった。でもそれは叶わないだろう。陽平君も疲れているはず。犯人も捕まったし、自分の部屋に戻って彼を休ませてあげるべきかと悩みながらも、彼に続いて玄関に入ったところ、勢いよく腕を引かれた。

「きゃっ」

身体がバランスを崩して、彼の胸に倒れ込んだ。

「陽平君……？」

びっくりしながら名前を呼ぶと、玄関の鍵をかけた彼は私の両頬を包み込んだ。

目が合った陽平君は、苦しげに顔を歪めた。

「ごめん、もう限界だ」

「え？　んっ」

荒々しく塞がれた唇。すぐに彼の熱い舌が口を割って入ってきた。

「んんっ」

初めての深いキスにどうしたらいいのかわからなくて彼の胸を叩くものの、やめてくれるどころか、キスは激しさを増す。

私の舌に自分の舌を絡ませたり、強く吸ったりと初めて経験するキスに翻弄されていく。次第に力が抜けていって自分の足で立ち続けることができなくなった頃、それに気づいた彼は名残惜しそうにキスを止めて私を抱き上げた。

「きゃっ」

軽々とお姫様抱っこされ、咄嗟に陽平君の首に腕を回した。

「そのましっかり掴まってて」

そう言うと彼は私が履いていた靴を脱がせて、廊下を進んでいく。そして寝室に入ると優しく私を下ろした。

ギシッとベッドを軋《きし》ませて彼が覆い被さる。見下ろされて、息が止まりそうなほどドキドキする。

「理穂……」

愛おしそうに呼びながら、大きな手が私の唇に触れた。

「理穂のペースでゆっくり進めていきたいと思っていたが、あの男に触れられたと思うと、上書きしたくなったんだ」

「陽平君……」

犯人に掴まれた手にそっとキスを落とされ、ビクッと身体が反応してしまう。

「このまま理穂のすべても奪ってもいいか？」

顔を上げた彼は熱を帯びていて、必死に抑えてくれているのが伝わってくる。それほど私を求めてくれている。

彼の言葉の意味がわからないほど子供じゃない。それに私も彼に触れてほしい。嫌な記憶をすべて消してほしい。

答えはすぐに出て、腕を伸ばして彼を引き寄せた。

「はい、奪ってください。私の全部を」

「……理穂っ」

苦しそうに私の名前を呼ぶと、陽平君は私の口を塞いだ。そして余裕のない手つきで私の服を脱がせていく。

陽平君と身体の関係を結ぶことを考えたら恥ずかしくて仕方がなかったのに、今は早く触れてほしくてたまらない。

情熱的なキスをされているから？　それとも私に触れる手が優しくて、愛撫《あいぶ》から愛されていると感じるから？

どれも正解なのかもしれない。彼に与えられるものすべてで愛されていると感じ、もっと深く繋がりたいと願う。

「理穂」

初めて彼を受け入れた瞬間はこれまで感じたことのない痛みに、泣きそうになった。でも私を気遣いながら何度も愛の言葉を囁かれ、次第に痛みは快楽へと変わっていく。痛みも快楽も感じるものすべてで私は幸福感に包まれた。

珈琲の芳しい香りで目が覚めると、隣で寝ていたはずの陽平君の姿がなかった。

「陽平君……？」

目を擦りながら起き上がったものの、腹部に生じた鈍い痛みにうずくまる。

「そうだ私、陽平君と……」

幸せなひと時を思い出して、顔が熱くなる。手で顔を煽いで熱を冷ましながら寝室の時計に目を向けると、十五時になろうとしていた。

「嘘、もうこんな時間？」

でも事情聴取が終わったのがお昼前だったから、こんな時間になるはずだ。

そこでふと、プリンのことが頭をよぎった。

「あ、プリン……！」

鈍い痛みを感じながらもどうにか起き上がり、綺麗に畳まれている服に袖を通していく。彼にここまでさせてしまい、申し訳ない。

寝室から出ると、珈琲の匂いを強く感じた。そのままリビングに向かうと、陽平君は誰かと電話中だった。

もしかして仕事の電話だろうか。だったら邪魔をしないほうがいいよね。そう思い、そっと気づかれないようにドアを閉めようとしたが、思った以上に大きな音を立ててしまった。

「ごめんなさい」

咄嗟に謝ると、私に気づいた陽平君は「助かったよ、また連絡をする」と言って通話を切った。

「起きたのか、理穂。身体は大丈夫か？」

すぐに心配そうに駆け寄ってきた陽平君はシャワーを浴びたのか、いつもセットされている髪は下ろされていて少し幼く見える。

「は、はい」

「それならよかった。理穂もシャワーを浴びておいで」

そう言われてバスルームに入れられてしまった。浴槽にはお湯が張ってあって、ゆっくりと温まることができた。

そしていつの間に用意してくれたのか、洗面所には淡いピンクのワンピースが置かれていた。どう見ても新品で、目を疑う。

もしかしてわざわざ買いに行ってくれたの？　でもいつの間に？

疑問に思いながらワンピースを着て廊下に出ると、リビングが騒がしい。耳を澄ますと諒哉君の声とプリンの鳴き声が聞こえてきた。

急いでリビングに向かうと、そこには諒哉君とプリンの他に社長の姿もあった。

「え？　どうしてここに……？」

びっくりして声が漏れた私に気づいた諒哉君とプリンは、一緒に走ってきた。

「りほちゃーん！」

「わんわん！」

それぞれ私の足にしがみつくものだから、膝を折って視線を合わせた。

「りほちゃん、パパがえらんだおよーふく、とってもにあうよ」

「パパが選んでくれたの？」

思わず社長を見ると、陽平君を気にしながら手をぶんぶんと横に振った。

「いや、俺は兄さんに頼まれて買ってきたまでだから。どういう服がいいかも兄さんセレクトだからね！」

必死に弁解した社長に続き、陽平君も話し始めた。

「今夜、食事に行く約束をしていただろ？　せっかくだから行かないか？　出られるようにと剛志に服を買ってきてもらったんだ」

「そうだったんですね。すみません、社長。ありがとうございます」

「俺は本当に頼まれて買ってきただけだから。あ、もちろん支払いも兄さんだからね。お礼なら兄さんに言って」

社長に言われ、陽平君に感謝の思いを伝えると、「よく似合っている」と褒められた。

なんだろう、陽平君に褒められると胸の奥が苦しくなる。

「ストップ！　兄さんに理穂ちゃん。諒哉もいるんだからね」

以前、社長に言われたことを思い出して表情を引き締めた。

「すみません」

「悪い」

彼とともに謝ると、社長が「気をつけてくれ」と言ったものだから、諒哉君は「なにが？」と興味を示した。

「いや、なんでもないよ諒哉。さて、じゃあ俺たちはプリンと一緒に帰ろうか」

「えっ？」

びっくりして社長を見ると、私に向かってウインクした。

「諒哉、理穂ちゃんと陽平君はお仕事だから、俺たちがプリンちゃんと一緒に過ごしてあげような」

「うん！　プリン、きょうもぼくといっしょにねるんだよ」

「わん！」

まるで諒哉君の言葉を理解したように吠えたプリンに、社長は「天才だな」と絶賛した。

「プリンちゃんは、俺と諒哉が責任を持って預かるから」

「社長……」

いいのかな？　甘えても。でもプリンも嬉しそうだし、ここで断ったら諒哉君が悲しむだろう。

「すみません、よろしくお願いします」

「うん、ぼくにまかせて！」

プリンも寂しがることなく、諒哉君に連れられて社長とともに帰っていった。それを少し寂しく感じる。

「剛志も犬は苦手だけど、プリンちゃんは他の犬とは違う。可愛いから平気だって言っていたから大丈夫だろう」

「そうですね。でも、プリンが寂しがらないのが悲しいです」

家族の中で私に一番に懐いていたというのに、すっかり諒哉君のことが大好きになったようだ。

軽くジェラシーを感じていると、陽平君はクスリと笑った。

「陽平君？」

笑われたのが面白くなくてジロリと睨《にら》んだら、彼は「ごめん」と謝ってくれた。しかし口元は緩んだままだ。その時、私のお腹が鳴ってしまった。

「あ……」

恥ずかしくてお腹を手で押さえると、陽平君にまた笑われてしまった。

「レストランを予約した時間までまだあるから、先に軽くなにか食べていこうか」

「……はい」

私のワンピースに合わせて、彼もジャケットを羽織る。そして向かった先はパンケーキで有名なカフェ。ふたりでひとつ注文したパンケーキはふわふわで美味しくて、あっという間に完食。

「ごちそうさまでした。すごく美味しかった」

「それはよかった」

珈琲との相性も抜群だった。それから映画を見て次に向かったのは、世界的にも有名なホテルだった。

最上階にあるレストランの個室に案内されるとウエイターに椅子を引いてもらい、彼と向かい合って座る。今日の彼はしっかりヘアセットされていて、一段とカッコよく見える。なんだか照れくさくなり、視線を泳がせてしまう。

「あ……こんな素敵なレストランを予約してくれて、ありがとうございます」

「どういたしまして。……と言いたいところだが、急だったから店もレストランも剛志の伝手《つて》を頼ったんだ」

「そうだったんですね」

さすがは社長。こんな有名なホテルにも知り合いがいるんだ。以前にこのホテルの仕事を引き受けたことがあるのだろうか。

そんなことを考えていると陽平君が、「もちろん支払いは俺だからな」と慌てて言ったものだから、思わず笑ってしまった。

それから次々と運ばれてくる料理に舌鼓を打つ。自然と会話も弾み、今朝あんな怖い思いをしたことを忘れるほど楽しくて幸せな時間を過ごすことができた。

「どの料理も美味しかったですね」

「あぁ、あとで剛志にも礼を言わないとな」

「はい」

エレベーターに乗り、てっきり下がるのかと思いきや陽平君は屋上の階数ボタンを押した。

「陽平君、間違っていますよ」

「いや、間違っていない」

どういうこと？　屋上になにかあるのだろうか。

不思議に思いながらも彼に続いてエレベーターから降り、重いドアを開けた先はへリポートになっていた。

そこには一機のヘリコプターが停《と》まっていて、操縦士がドアを開けて待っている。

「どういうことですか？」

「サプライズだよ」

困惑する私の手を引いてヘリコプターのもとへ向かうと、先に乗り込んだ彼が手を伸ばした。

「おいで、理穂」

戸惑いながらも手を引いてもらって乗ると、操縦士からマイク付きのヘッドホンを渡された。

わけがわからぬままヘリコプターはゆっくりと動き出す。そして上昇すると少し機体が揺れて怖くなり、陽平君の手を掴んだ。

「大丈夫だよ、理穂。ほら、外を見て」

上昇していくのがまた怖くて目を瞑っていた私に優しい声がかけられた。とはいえ、プロペラと風の音が大きくてまだ怖い。

「理穂、夜景が綺麗だよ」

再び陽平君に言われて目を開けると、ネオンの明かりが色づく綺麗な夜景が広がっていた。

「すごい……」

「綺麗だな」

夜景に目を奪われていると次第に恐怖心も薄れていった。

上空を飛行すること五分、陽平君が口を開いた。

「ドレスショップとレストランは剛志の伝手を頼ったが、このヘリコプターだけはデートするって決まってすぐに記念になればと予約していたんだ」

「そうだったんですね。だったらこれだけで充分でしたよ？」

ふたりでこんなに綺麗な夜景を見ることができた初デートなんて、一生忘れられないよ。

「いや、さすがにそういうわけにはいかないさ。……一生に一度のプロポーズをするつもりだから」

「え――」

びっくりすることを言った彼は、ポケットから小さな箱を取り出した。

「どんな現場に向かったとしても、絶対に理穂のもとに帰ると言ったが、常に死と隣り合わせなのは変わらない」

それは嫌でも理解できる。この世に絶対などというものはないということも。

「それに今朝の事件を目の当たりにして、理穂を失うかもしれないという恐怖を抱いた。本当、人はいつどうなるかわからない。今、こうして同じ時間をともに過ごせていることは奇跡だと思う」

「……はい、私もそう思います」

こうして私たちが過ごしている間も、世界中では様々なことが起こっている。今、この瞬間に命を落とす人もいるだろう。それほど人生はなにが起こるかわからない。

「俺は理穂と出会えたのは奇跡であり、運命だと感じている。理穂以上に好きになれる相手など現れないだろう。それだけは自信を持って言えるんだ」

涙が出そうなほど嬉しい言葉に、鼻の奥がツンとなる。

「これから先の長い人生をともにしたいと思っているなら、一緒に過ごした時間や、交際期間など関係ない。理穂の愛らしい寝顔を見ていたら今すぐに一緒になりたいと思った。だから急いで指輪を買いに行って、急ピッチでプロポーズの準備を進めたんだ」

そう言うと陽平君は小さな箱を開けて私に差し出した。

「なにがあってもキミを守ると誓います。どんなことからも幸せにするよ。だから相庭

「理穂さん、俺と結婚してくれませんか？」

まるで夢のような言葉に涙が溢れ出した。答えなど決まっている。たったひとつしかない。

差し出されたダイヤモンドが輝く指輪を受け取り、私は「はい！」と返事をした。

私の答えを聞き、陽平君は嬉しそうに目を細める。

「ありがとう、絶対に幸せにする」

「私も陽平君のことを幸せにします」

将来を誓い合い、陽平君は指輪を左手薬指に嵌《は》めてくれた。

「ん、よく似合ってる」

長い指で指輪を撫でられ、本当にプロポーズされたのだと実感していく。

「結婚指輪は近々ふたりで選びに行こう」

「はい！」

手を繋いだまま、私たちは綺麗な夜景を目に焼き付けた。

一ヵ月後。夏本番を迎え、暑さが厳しい日々が続いている。私たちが出会って三ヵ月以上が過ぎようとしていた。

「はぁ、何度見てもこの写真が羨ましくて仕方がない」

電車の中でスマホの画面を見ながらため息をつく凛子に苦笑いしてしまう。

凛子が見ているのは、陽平君にプロポーズされた日に撮った写真。彼は指輪の他に百本のバラの花束まで用意してくれていて、ヘリコプターを降りた後プレゼントしてくれた。

写真にはヘリコプターの前でバラの花束を抱え、彼に肩を抱かれて幸せいっぱいの私が写っている。

「私もこんな素敵なプロポーズされてみたい」

「凛子ならすぐ彼氏できると思うけど」

綺麗で優しくて明るくて。とにかくいいところしかないのだから。

「彼氏ねぇ。……理穂と一緒にいると理想が高くなっちゃってさ。だってこんなに素敵な彼氏に、かっこいいお兄ちゃんがいるんだもん。高望みしたくなる」

兄といえば、プロポーズされたことを報告したところ、「まだプロポーズは早い！」なんて言い出した。

しかし陽平君から「ご両親にご挨拶をさせていただく前にプロポーズするのが、筋だと思いました」と言われ、なにも言い返せなくなっていたけど。

なんだかんだ言いつつ、私の知らないところで兄は陽平君と連絡を取っているようで、つい先日、ふたりで飲みに行ったそうだ。

そこで兄は酔いつぶれ、どれほど私が可愛いかを延々と語っていたらしい。それを陽平君から聞いた時は、恥ずかしかった。

でも彼は笑うことなく兄のことを素敵なお兄さんだと褒めていて、兄のためにも改めて私を幸せにすると誓ったそう。

「たしか来月だっけ？　理穂の実家に挨拶に行くのは」

「うん。連絡をしたらお母さんがもう大喜びでさ。お父さんは複雑みたい」

「それはそうでしょ」

でも母に「どういう態度で会ったらいいんだ？」と相談するほど、前向きに考えてくれているみたい。

私の実家に挨拶に行ってから、陽平君の実家にも向かう予定だ。

「じゃあ今日から始まるイベントを無事に成功させないとね」

「うん」

実は今日から移動動物園のイベントが始まるのだ。初日ということで担当ではない凛子も応援に駆けつけてくれた。

会場に着き、まずは会場内を確認していく。とくに動物たちが過ごす場所を隈なく見た。それから搬入された動物たちの健康状態を確認して、触れ合い体験場に不備がないかなど最終チェックしていく。

今回動物園からの希望で、支援している犬猫保護団体の譲渡会も開催されることになった。収益は動物園と保護団体に寄付される。

犯人が捕まるまで、私は思うように今回のイベント準備で動くことができず、みんなに迷惑をかけてしまった。その分、絶対に成功させたい。

いよいよイベント開始時刻を迎えると、開場を待ちわびていたお客様で、アウトレットの中央にある広場は人でいっぱいになった。

誘導もできていて、大きなトラブルもなく順調に進んでいく。しかし初日ということもあり、予想を上回るお客様が来てくれて、触れ合える動物たちも足りなくなってきた。

「やっぱり思った以上の集客だね」

「うん、社長の言う通りだった」

実は社長はこうなることを予想していて、ピークの時間帯に例のイベントを入れてみたらどうかと提案された。

「時間もジャストだ。向こうにお客さんが流れるといいんだけど」

「流れるようにしよう」

お昼が過ぎ、十三時から保護犬と保護猫の譲渡会が始まる時刻を迎えた。アナウンスを流すと、触れ合いコーナーで待っていたお客様たちが興味を示した。

譲渡会も大盛況。無事に初日を終え、保護団体からも譲渡が決定した子が多く、イベント開催中の週末にも譲渡会をお願いしたいと申し入れがあった。

「諒哉君のパパってすごいんだよ」

「そうなの？」

「うん」

イベントが無事に終了して最初の休日、久しぶりに遊びに来た諒哉君と陽平君の三人で、プリンの散歩に出ていた。

その道中で社長のことを思い出して陽平君に話したところ、諒哉君が興味を示したので、わかりやすいように説明した。

「パパ、すごいね！　かっこいい」

「かっこいいね。どうなるのか予想できたんだから」

「うん！」

パパを褒められて、誇らしげな諒哉君に陽平君と一緒に笑ってしまった。

それからいつもの公園のドッグランに向かい、諒哉君はプリンと走り回る。その姿を見守りながら、陽平君が口を開いた。

「結婚して子供が生まれたら、こんな幸せな休日を過ごせるんだな」

「え？　そ、そうですね」

結婚した先に子供を授かる未来が待っている。そうなれば、こうしてプリンと子供が一緒に遊ぶ様子をふたりで見守る日常が訪れるだろう。

想像したら心の奥がむず痒くなる。

「幸せな未来のためにも、しっかりと理穂のご両親に挨拶をさせていただかないと」

両親に会いに行くのはまだ先なのに、決まってからずっと陽平君は緊張しているみたい。こんなに素敵な人を両親が気に入らないわけがないのに。

「陽平君なら心配しなくて大丈夫ですよ。問題は私のほうです。お母様に気に入ってもらえるか不安でたまりません」

陽平君や社長と違って、私は至って平凡。社長の奥さんも会社を経営するほどの方でしょ？　そんな家系に私が入っても大丈夫だろうか。

「なに言ってるんだ？　理穂こそ大丈夫だ。母さん、今から理穂に会えるのを心待ちにしているし、剛志の奥さんだって嫁仲間ができて嬉しいって言っているそうだ」

「本当ですか？」

「あぁ、だから理穂はなにも心配する必要はない。本当に問題は俺だ」

「いえいえ、陽平君こそ心配無用です！」

また会話が振り出しに戻ったことに気づき、私たちはどちらからともなく笑ってしまった。

「じゃあお互い無駄な心配はしないようにしようか」

「はい、それがいいです」

きっとどちらの家族とも良好な関係を築くことができて、近い将来このことが笑い話になる日が来るだろう。

自然と手を取り合い、自然と笑みが零れた。

私の予想通り、新潟の実家に挨拶に行くと、母は陽平君があまりにかっこよくて優しいものだから、ひと目で気に入っていた。

父も酒を酌み交わすとすっかり陽平君の虜となり、実に誠実な青年だ！なんて褒める始末。兄もまたいつの間にか陽平君と父に交じって、楽しそうに飲んでいた。

その後に陽平君の実家に伺うと、お母様は温かく歓迎をしてくれた。とても気さくな方で、私の緊張を解くように声をかけてくれて、最後には楽しんでお話しさせてもらえるまで和やかに過ごすことができた。

社長の奥さんは予想通りの綺麗で優秀そうな方だったが、性格はどことなく凛子に似ていて親しみやすかった。

諒哉君のことをとても大切にしているのが伝わってきて、私と結婚すると言っていることに対し、悔しかったと言われてしまった。


お互いの実家で和やかな時間を過ごし、そして迎えた結婚式当日。

参列者の中には家族はもちろん、お互いの職場の同僚もいる。陽平君の職場仲間は逞しい男性ばかりで、私の友達たちはみんなかっこいいと盛り上がっていた。私たちの結婚式からまた縁が繋がったら嬉しいな。

結婚式は幸せで笑いが絶えなかった。とくに陽平君の職場の同僚による余興では大盛り上がり。

結婚式の三ヵ月前に陽平君が諒哉君に私と結婚するとちゃんと伝えると、最初は「ぼくがけっこんしたかった！」と大騒ぎしたが、最後には祝福してくれた。諒哉君による私と陽平君に向けた歌のプレゼントでは、泣かされてしまった。

一生に一度の結婚式は忘れられないものとなった。


大きくなったお腹を抱えてソファに座り、結婚式の写真が収めてあるアルバムを捲《めく》って思い出していると、「懐かしいな」と言って彼が隣に腰を下ろした。それは結婚式から一年半という月日が過ぎた、ある日の休日のことだった。

「久しぶりに見たくなっちゃって」

ページを捲っていくと、挙式の指輪の交換シーンや、誓いのキスの幻想的な写真。それに集合写真と続き、披露宴の楽しい思い出もよみがえっていく。

諒哉君は週に一回のペースでうちに遊びに来ていて、今では一緒にご飯やお菓子作りをしている。

社長やお義姉《ねえ》さんが出張で留守にする時は私たちが諒哉君を預かることもあり、プリンと一緒に四人で遊びに行ったり、夜は仲良くみんなで寝ている。

お互いの実家との関係も良好だ。とくに兄と陽平君はすっかり仲良くなった。兄が陽平君を可愛がっていて、頻繁に遊びに来ては彼を飲みに連れて行くから、私としてはちょっぴり面白くない。

男同士で飲み明かすんだと言って連れて行ってくれないし。でもそれほどふたりの仲が深まって嬉しくもある。

あとは兄にも、いい人が現れてくれたらいいのだけれど……。

有希ちゃんとの初めての女子会の様子もアルバムにあり、今では凜子も加わって頻繁に遊ぶようになり、記念に写真を残していた。

大親友となったふたりとは、こまめに三人で連絡を取り合っている。

他にも陽平君の同僚も何度かうちに遊びに来て、とくに後輩のひとりである大樹君が陽平君を崇拝していて、人懐っこい性格もあって仲良くなった。

まるで弟のようで、私も陽平君と一緒に可愛がっている。

「この子が生まれたら、皆との楽しい思い出を教えてあげて、いつか結婚式の映像も見せてあげたいですね」

「そうしたら、なんで私はここにいないの？って言われるかもしれないぞ」

「たしかに」

その時の様子を想像しては笑みが零れる。

お腹の中にいる子は女の子だとわかった。お互いの両親は生まれる前からベビーグッズを買い漁《あさ》り、私たちが買うものがないほど。諒哉君も「はやくでてきてね」と言って、会うたびに私のお腹を撫でていた。

「早く会いたいな」

「はい」

お腹を撫でる手に彼の手が重なる。すると赤ちゃんは返事をするように大きく蹴った。

私も陽平君も幸せな気持ちにさせてくれるこの子に、早く会えますように……。

END

あとがき

このたびは『再会した強面《こわもて》エリート消防士のスパダリすぎる溺愛は、諦めたはずの初恋ごと私を離してくれません』をお手に取ってくださり、ありがとうございました。

今作は初の消防士ヒーローにチャレンジさせていただきました。しかし、知れば知るほど、どうやったら陽平の魅力が伝わるのか、消防士という職業はどのように描けば魅力が伝わるのかと今作も頭を悩ませる結果に……。

その分、思い入れの強い大好きなふたりを書かせていただけたと思います。

様々な偶然が重なって出会い、そして再会して。作中にも描きましたが、そんなふたりは本当に運命という言葉で結ばれているのではないかと思いました。

現実にはこんなドラマチックな出会いから始まる恋愛はなかなか難しいですが、でもまったくないとは言い切れない出会いでもあるような、そんな作品になるように意識して書かせていただきました。

今作を通して、諒哉とプリンの愛らしさにはもちろん、理穂と陽平のラブストーリーに少しでもときめいていただけたら幸いです。

そして陰のヒーローと思っている理穂の兄、新一が今作では書いていて楽しかったです。実際に新一のような兄がいたら、理穂のように気苦労が絶えないと思いますが。いつか彼のお話も書けたらなぁと妄想を膨らませています。

今作でも大変ご迷惑をおかけした担当様をはじめ、編集部の皆様。本当にありがとうございました。いつも支えてくださり、本当に頭が上がりません。ありがとうございます。

そしてマーマレード文庫、記念すべき一作目のカバーイラストを描いてくださった、篁《たかむら》ふみ先生に再び描いていただけて感無量でした。素敵な四人をありがとうございます。

なによりいつも応援してくださる読者の皆様、お手に取ってくださり、こうしてあとがきまで読んでいただき、ありがとうございます。今後ともどうぞよろしくお願いいたします。

それでは、またこのような素敵な機会を通して皆様とお会いできることを祈って。

田崎《たさき》くるみ

ファンレターの宛先

マーマレード文庫をお買い上げいただきありがとうございます。
この作品を読んでのご意見・ご感想をお聞かせください。

宛先 〒100-0004　東京都千代田区大手町 1-5-1 大手町ファーストスクエア
イーストタワー 19 階
株式会社ハーパーコリンズ・ジャパン　マーマレード文庫編集部
田崎くるみ先生

マーマレード文庫特製壁紙プレゼント!

読者アンケートにお答えいただいた方全員に、表紙イラストの
特製 PC 用・スマートフォン用壁紙をプレゼントします。

詳細はマーマレード文庫サイトをご覧ください!!
公式サイト
@marmaladebunko
SNSもチェック!

marmaladebunko

政略結婚だったのに、許嫁から一途に求愛されるなんて!?

ISBN978-4-596-58512-7

愛され注意報
～初恋御曹司は婚約者を逃がさない～
田崎くるみ

琴葉には誰もが羨む完璧すぎる超イケメンの優しい許嫁・黒瀬楓がいる。親同士が決めた政略結婚だが、琴葉は初恋の人との婚約に幸せを感じていた。ところが、父が事業に失敗し、琴葉はつましい一人暮らしの身の上に。こんな私と結婚しても彼には何もいいことはない……。楓からのプロポーズに「考えさせてほしい」と告げると、彼の態度が一変して──？

甘くてほろ苦い。キュンとする恋♥　マーマレード文庫　定価［本体620円］＋税

m a r m a l a d e b u n k o

イジワルなパイロットと
甘い溺愛飛行!?

ISBN978-4-596-41566-0

俺様パイロットの極上溺愛

田崎くるみ

新人グランドスタッフ・心には贅沢な悩みがある。それは、皆が憧れるイケメンパイロット・栄治からの猛アプローチ。甘く誘惑してくる栄治に対し、モテる彼が自分に本気なわけがない、と素直になれない。けれど、心の母を栄治が助けてくれたことをきっかけに、二人は急接近！　彼に抱きしめられ、キスをされ、濃密な求愛に心の気持ちも陥落寸前で…!?

甘くてほろ苦い。キュンとする恋♥　マーマレード文庫　定価 本体600円 ＋税

m a r m a l a d e b u n k o

初恋の続き…は重すぎる愛!?

ISBN978-4-596-77357-9

幼馴染みの（元）極道社長からの昼も夜も果てない猛愛に逆らえません 田崎くるみ

恋人に裏切られ仕事も失った梅乃は、幼馴染みの京之介と偶然再会。実家が極道だった彼はなんと足を洗って社長になっていて!?　京之介に強く勧められて彼の会社に就職した梅乃は、熱烈＆極甘なアプローチで迫られ…！　「絶対に好きにさせる自信があるから」——初恋の梅乃と一緒になるため生きてきた彼の、二十年分の溺愛に蕩かされ、堕ちていき…。

甘くてほろ苦い。キュンとする恋♥　マーマレード文庫　定価 本体670円 + 税

m a r m a l a d e b u n k o

「愛してるよ。
絶対に幸せにするから」

ISBN978-4-596-53911-3

ふたりで姉の子どもを育てたら、怜悧な御曹司から迸る最愛を思い知らされました
田崎くるみ

親代わりだった姉を亡くした汐里は、その息子・翼とふたり暮らし。ある日、彼女は翼との外出中に容姿端麗な男性に出会う。それは姉の駆け落ち相手の弟・海斗で、大企業の副社長だった…！　翼を奪われるかもと身構える彼女だが、なんと海斗と一緒に翼を育てることに…⁉　過保護な彼に「俺にだけは甘えて」と蕩かされ、やがて愛を教え込まれていき―。

甘くてほろ苦い。キュンとする恋♥　マーマレード文庫　定価 本体650円＋税

m a r m a l a d e b u n k o

「どんな手を使っても、俺のものにしたかった」

ISBN978-4-596-96120-4

天敵御曹司は愛を知らない偽婚約者を囲い堕とす

～一夜限りのはずが、カタブツ秘書は仕組まれた溺愛から逃げられない～ 田崎くるみ

大企業の秘書で真面目すぎる愛実は、素直になれないのが悩み。でもバーで会った男性・優馬には自然と心を許し、そのまま一夜を過ごしてしまう。ところが、彼はライバル会社の御曹司と判明！　その上、ワンナイトを秘密にする交換条件は、彼の偽婚約者になることで──「たっぷり愛してやるから」嘘の関係なのに、あまりに甘く囁く彼に翻弄され……！

甘くてほろ苦い。キュンとする恋♥　マーマレード文庫　定価 本体650円 ＋税

マーマレード文庫

再会した強面エリート消防士のスパダリすぎる溺愛は、諦めたはずの初恋ごと私を離してくれません

2024年12月15日　第1刷発行　定価はカバーに表示してあります

著者　田崎くるみ　©KURUMI TASAKI 2024
発行人　鈴木幸辰
発行所　株式会社ハーパーコリンズ・ジャパン
東京都千代田区大手町1-5-1
電話　04-2951-2000（注文）
0570-008091（読者サービス係）
印刷・製本　中央精版印刷株式会社

Printed in Japan ©K.K. HarperCollins Japan 2024
ISBN-978-4-596-71942-3

乱丁・落丁の本が万一ございましたら、購入された書店名を明記のうえ、小社読者サービス係宛にお送りください。送料小社負担にてお取り替えいたします。但し、古書店で購入したものについてはお取り替えできません。なお、文書、デザイン等も含めた本書の一部あるいは全部を無断で複写複製することは禁じられています。
※この作品はフィクションであり、実在の人物・団体・事件等とは関係ありません。

m a r m a l a d e b u n k o